Les dieux voyagent la nuit

Du même auteur

Le Songe d'une photo d'enfance, nouvelles, Le Serpent à Plumes, 1993 ; coll. « Motifs », 2005.
Le Crayon du bon Dieu n'a pas de gomme, roman, Stock, 1996 ; Le Serpent à Plumes, coll. « Motifs », 2004.
L'Autre Face de la mer, roman, Stock, 1998 (Prix RFO du Livre 1999 – Bourse Poncetton de la Société des Gens de Lettres) ; Le Serpent à Plumes, coll. « Motifs », 2005.
Vodou ! Un tambour pour les anges, récit, en collaboration avec David Damoison (photos) et Laënnec Hurbon (préface), Autrement, 2003.
L'Île du bout des rêves, roman, Bibliophane/Daniel Radford, 2003.
Rue du Faubourg-Saint-Denis, roman, éditions du Rocher, 2005.

Évangile pour les miens, poèmes, Choucoune, 1982.
Et le soleil se souvient (suivi de) *Pages cendres et palmes d'aube*, L'Harmattan, 1989 (Grand Prix de poésie de la ville d'Angers).
Du temps et d'autres nostalgies, poèmes, Les Cahiers de la Villa Médicis, n° 9.1 (24-38), 1995.
Ces îles de plein sel, poèmes, Vwa n° 24 (151-171), 1996
Ces îles de plein sel et autres poèmes, Silex/Nouvelles du Sud, 2000.
Dieci poesie (Errance), poèmes, Quaderni di via Montereale, 2000.
Poème pour accompagner l'absence, in *Agotem*, n° 2, Obsidiane, 2005 ; Mémoire d'Encrier, édition complète, 2005.

Gertrud Schwarzenbarth
Trier, 21/1/2016

Louis-Philippe Dalembert

Les dieux voyagent la nuit

roman

© Louis-Philippe Dalembert.
© Éditions du Rocher, 2006 pour la présente édition.
ISBN 2 268 05865 4

*au bon ange de Caëtan et de Kiki,
à Alex qui ne les connaîtra pas,
sinon à travers ma mémoire,
à celles et ceux qui,
d'une façon ou d'une autre,
ont ouvert la barrière à ce livre :
David Damoison, Pierrette Fleutiaux,
Françoise Rocher, Jean-Claude Béhar.*

« *L'enfant dont il est question ici est orphelin, c'est-à-dire glorieux et libre, exclu de tout et faisant partie de tout…* »

George-Arthur Goldschmidt

« *Le tambour était en eux comme un dieu enterré.* »

Patrick Chamoiseau

« *… je revendique le droit de n'exercer aucune police de l'identité.* »

Jean-Claude Charles

Ouverture

Tu lui as dit : « J'aimerais tellement assister à une cérémonie. » On est à trois jours et trois nuits de la Toussaint. Là-bas, au pays lointain de l'enfance, c'est saison de cérémonies. Des morts qui s'échappent des ténèbres, le temps de s'encanailler avec les chrétiens. Des morts si vivants ces jours-là. Ici, vitrines et rayons regorgent de citrouilles énucléées, de sorcières de silicone chevauchant des balais, de vampires d'opérette drapés dans des capes tantôt couleur ténèbres tantôt rouge sang... Icônes frelatées d'Halloween, bimbeloteries, colifichets bons à peine à engraisser l'ogre capitaliste. Pacotille ! Tu n'as pas traversé tout l'Atlantique pour te farcir ces bacchanales de carton-pâte. Quitte à donner dans l'au-delà, pourquoi ne pas trouver une cérémonie ? Une vraie. Histoire de réconcilier les deux extrêmes de ta vie. Caroline t'a souvent parlé de cérémonies célébrées en marge de cette métropole du paraître qu'est New York. Dans des recoins de Queens, de Brooklyn, de Manhattan même, oubliés de Dieu et des hommes. Sauf bien sûr des nègres, des immigrés de fraîche date et des trafiquants de tout poil. Ce ne serait pas une mauvaise idée d'aller faire un tour dans une de ces réserves. Un souhait émis sans trop y croire. En pensant à ton enfance rigoureusement sabbatique et à ses tabous. Ta grand-mère ne frayait pas avec ces sataneries. Tu as ainsi grandi dans les résonances détournées de ce culte, qui te parvenaient par-delà les clôtures des autres. Des rares chansons à la radio. De la voix lancinante du tambour battu à pleines mains pour héler les anges de passage sans les distraire toutefois de leur chemin. La voix du tambour les convoquant parfois pour une urgence, parce que les humains auront failli. La voix du tambour qui hantait la nuit à telles époques de l'année. Puis de plus en plus souvent et de plus en plus fort. Péremptoire. Au fur et à mesure que les gens d'en dehors s'installaient dans Port-aux-Crasses. Prenaient possession, sans coup de feu ni de fronde, des premières bosses qui ceinturent la capitale. Puis de la moindre parcelle de colline non emmurée ou jugée à l'abandon. Bien des années plus tard, de retour d'un long vagabondage en terres étrangères, tu auras du mal à retrouver ton enfance parmi les porcs, les cabris, les démarches, l'accent nouveau de cet immense égout à ciel ouvert qu'est devenue ta ville natale... La voix du tambour, lors, grave. Présente. Résonnant aujourd'hui encore dans ta mémoire. Et dans ta chair. Le vent en fait un accordéon, la convie sous la fenêtre de la maison à pièce unique où, avec le reste de la famille, tu tentes de dormir, la repousse vers le grand large avant de la ramener à ta peur. Le lendemain matin, tu donneras du suppôt de Satan à tous les passants aux yeux injectés, preuve flagrante, à tes yeux, d'une nuit sans sommeil passée en compagnie de dieux vagabonds à se trémousser au son du tambour. Ton expérience de ce culte s'arrête là, à ces individus décrétés louches et aux complaintes nocturnes du cuir sanglotant son destin de cabri sous les mains de l'homme. Hormis les chansons populaires que tout un chacun, là-bas, fredonne souvent sans en connaître l'origine. Hormis aussi la découverte brutale de la nudité féminine dans les folies de Marie. Et la fois où tante Vénus, flanquée des voisins venus en renfort – tu refusais de décamper –, t'a éjecté tel un malpropre d'un manger-les-anges. Hormis tant et tant de choses...

Pourvu qu'il y ait pareil festin là où vous allez : ce serait une belle revanche sur le temps. Une vendetta du feu de Dieu ! Tu en salives de toute ta rage de gamin frustré lorsque la voiture s'engage dans l'échangeur pour Queens Village. Tout en conduisant, Caroline te jette de travers des coups d'œil un brin moqueurs. Elle sait ton inculture sur la question, même si elle ignore combien, dans la pratique, celle-ci est crasse. Elle sait juste que tu as grandi dans la négation des rites ancestraux. Dans le mépris de ces voisins qui partaient au mois de juillet se vautrer dans des bains de chance à Ville-Bonheur. Dansaient, les 1ᵉʳ et 2 novembre, avec les plus grivois des diables : les Gede. Ceux-là mêmes qui, tous les ans, au moment où les humains se recueillent sur les mânes d'un être cher, déboulent de l'au-delà, la face enfarinée, pour égrener leur chapelet de gestes et de mots salaces. Sans respect aucun pour les morts ni les vivants. Le 3 au matin, tes camarades raconteront en avoir vu qui sifflaient du tafia 22-22, galon après galon, sans jamais se soûler. Se lavaient le petit-jésus ou la vierge-marie avec un cocktail de piments boucs sans montrer de douleur particulière. Et toi, interdit de cérémonie, confiné en résidence surveillée pour que tes oreilles n'aient pas à subir les obscénités déroulées en pleine rue, tu ne pourras que les croire. Pendant toute une semaine, à peine si tu donneras le bonjour à ces voisins loups-garous. De peur qu'ils ne te prennent pour un cabri à deux pattes, te sautent à la gorge et te dévorent tout cru…

Quand tu as fait part de ton envie d'une cérémonie à Caroline, elle n'a pas hésité une seconde. Pour elle, c'était oui. Comme s'il s'agissait d'une demande en mariage après laquelle elle soupirait depuis des lunes, depuis l'enfance, et qu'elle craignait que tu ne changes d'avis si elle avait montré le moindre atermoiement. Cela ne l'a pas empêchée, après avoir repris son souffle, de te décocher une double pique bien acérée :

— On n'assiste pas à une cérémonie, on y participe. Et pour ta gouverne, on dit « service », monsieur le Parisien (souligné dans le texte).

Ton docte, qui n'admet aucune réplique. C'est mal te connaître. Tu prends la tangente.

— T'as vu « Parigot » marqué sur mon front ? T'oublies que je vis à Rome ?

— À te voir et à t'entendre parler, on ne le dirait pas. Dès que tu te pointes à New York, tout le monde s'empresse de ranger le créole et l'anglais au placard. La preuve, la première fois qu'elle t'a vu, une de mes copines m'a demandé : « *Where is he from, this guy ?* » D'où il vient, ce mec ?

— Comment d'où je viens ?

— J'ai eu un mal fou à lui faire croire que, toi aussi, tu es de là-bas.

— V'là autre chose ! (Tu t'énerves.) Est-ce ma faute si ces gens sont tellement aliénés qu'ils cherchent toujours à m'épater avec leur français de cuisine ? Ç'aurait été si simple de parler créole…

Tu as fait diversion, tu le sais. C'est la seule parade possible. Comment participer à un truc que tu ne connais qu'à travers tes lectures ? À vrai dire, tu n'en sais rien de plus qu'un type qui aurait lu Alfred Métraux, Pierre Verger, Roger Bastide, Melville Herskovits, Michel Leiris ou Laënnec Hurbon. Les amateurs de sensations fortes préféreront les délires de Wade Davis… Tu en es sûr ? (C'est ta conscience, mieux ton petit bon ange, penché sur ton épaule, qui te rappelle à l'ordre.)

Où tu as grandi alors ? Sous quel fromager perdu a-t-on enterré ton cordon ombilical ? Sur quelle planète oubliée des saints et des anges ? Tu entends déjà tes compatriotes hurler au Pharisien. Certains parler de nègre masqué. D'autres de peau noire masque blanc. D'autres encore d'After Eight. La vérité – Grannie t'a appris qu'il fallait toujours dire la vérité, même dérangeante, même à tes risques et périls – est que tu ne sais fichtrement rien de ce culte. Tu ignores jusqu'à l'orthographe véritable du mot. Les dictionnaires français écrivent « vaudou ». Ceux de là-bas, eux, persistent et signent « vodou ». Influence de leur foutue langue à quatre sous ? Tu n'en sais rien, tu n'es pas linguiste.

Caroline range la voiture, une Honda Civic grenat, le long du trottoir, tandis que tu ramènes les blousons jetés sur le siège arrière. Point n'est besoin, à cette heure, d'aller retirer de ticket à l'horodateur. La rumeur sourde de la circulation, arrivant des boulevards Astoria et Linden tout proches, vient troubler le silence du quartier déjà plongé dans le sommeil. Hormis ce bruit de fond, la ruelle, aux lampadaires à éclairage blafard et défoncée par endroits, résonne des seuls bruits précipités de vos pas pour échapper au froid déjà mordant de novembre. Caroline pousse une barrière en bois qui porte l'inscription : « *Beware of the dog.* » Genre « Attention, chien méchant ! » Tu te tiens sur tes gardes, au cas où... Mais aucun chien, précédé d'aboiements tonitruants, ne pointe le bout de son nez. Tu te fais avoir à chaque fois. Vous passez sous un chêne d'où pend, à hauteur d'homme, une calebasse creusée en récipient, dont la vue te ramène des années en arrière. Elle est tenue amarrée au tronc grâce à un épi de maïs égrainé, qui lui sert en même temps de bouchon. Vous contournez la maison avant d'emprunter un petit escalier menant au sous-sol. Une chabine de forte corpulence, la maîtresse des lieux sans doute, vous reçoit sans un mot au bas de la dernière marche. Vous salue, les lèvres toujours serrées, en toquant des deux côtés son front contre le vôtre. Elle arbore un foulard rouge coquelicot autour du cou. Caroline plie une révérence discrète tout en poursuivant son chemin. Une quinzaine de personnes environ ont déjà pris place dans la chambre, emplie du bourdonnement de leur voix. Assises vaille que vaille, sur le rebord du lit, sur une chaise, à quatre dans un canapé à deux places, elles discutent, décontractées, sans paraître attendre quoi que ce soit de spécial. Ton regard balaie les visages inconnus. S'accroche au trop-plein d'objets rituels pour le moins hétérogènes qui se bousculent en autel improvisé sur une table de nuit. Tu cherches un endroit où te mettre pour te faire oublier. L'impression d'être un poisson hors de l'eau. Qu'est-ce que tu es venu fiche dans ce lieu ?... Y retrouveras-tu la fascination qu'exerçaient sur ton enfance les échos interdits des tambours du vodou ? Tu te glisses dans un fauteuil resté vide.

Caroline s'assied sur l'accoudoir, à moitié affalée sur ta poitrine.

La matrone, cheveux poivre et sel défaits, proche de la soixantaine, s'installe dans l'unique siège inoccupé, un fauteuil à bascule, placé devant l'autel. Un silence recueilli accompagne ses gestes. Qu'elle apprécie avec gravité avant d'entamer des Pater Noster et des Ave Maria que l'assistance, Caroline comprise, prolonge d'une seule et même voix. La bouche entrouverte de la chabine dévoile au passage une brèche noire formée, dans la denture, par une incisive à moitié cariée et la canine voisine. Jusqu'ici, pas de quoi mettre un non-initié à nu. Pour un profane des liturgies cathos, tu t'en sors même avec les honneurs. Aucun problème non plus pour ponctuer par un « priez pour nous » l'évocation *ad libitum* des noms des saints. Tu n'auras pas droit toutefois aux félicitations du jury. Très vite, tu es obligé de faire le poisson. Comme dans les chœurs, quand on a oublié les paroles d'une chanson. Des chansons justement, il en arrive une flopée. Échos de celles des rues de l'enfance, qui auraient musardé des années en chemin. Et ça dure une éternité. Te fragilisant davantage. Caroline te coule un regard de biais. Ses lèvres esquissent un sourire vite réprimé. Une ébauche de sourire à la fois réprobateur et compatissant de ton ignorance. Elle se tourne vers toi, détache une à une les syllabes. Comme pour enseigner un mot nouveau et coriace à un gamin qui apprend à parler. La honte !

Mais tu obéis. Gonfles la voix. Pour donner le change. Tu le sais. Au moins, tu ne mourras pas idiot. Caroline te regarde, amusée. La matrone aussi, engoncée dans le rocking-chair qui peine à dodiner son va-et-vient sous une telle masse de viande. Il te semble.

Les autres doivent se demander pourquoi diable es-tu le seul à chanter en canon. D'ailleurs, d'où il vient, ce monsieur qu'ils n'ont jamais vu dans les parages ? Quelle question ! Tu n'es pas chinois que tu saches… Fous-t'en, vieux. Fous-t'en. C'est encore ton petit bon ange. Ignore ces regards mesquins. Tu n'as de compte à rendre qu'à l'enfance. Ce pays de l'autre bord du Temps. Avant qu'il ne soit trop tard. Que le Temps ne disparaisse. Car viendra un temps où le Temps lui-même ne sera plus… Le coup de coude de Caroline dans tes côtes venant interrompre le dialogue muet. La bouteille de riunite sous ton nez. Ça fait un moment déjà qu'elle te la tend. Tu la prends d'une main hésitante… et la passes à ton voisin. Sans y toucher. Simple question d'hygiène. Tu ne connais ces gens ni d'Ève ni d'Adam. Et qui pis est, c'est du mauvais vin. Mousseux et sucré. S'il faut s'en tenir à l'Italie, autant avoir un barolo ou un valpolicella. Tu as commis une gaffe. Tu le sens. La matrone ne te rate pas. Ô Grand Maître, nous tous ici présents attendons quelque chose de Ton bon cœur. Tous sans exception. Même ceux qui refusent de boire en Ton honneur. Peut-être ont-ils honte de Te rendre gloire. Tu te recroquevilles sur ton siège. Le visage caché dans le dos de Caroline. Ces regards de l'assistance ! Autant de Kalachnikov et de M-One braqués sur ta misérable personne. Que ne donnerais-tu pour être sous terre. Sous mer. À mille lieues de là.

Un silence soudain les détourne de toi. La matrone est prête à accueillir le lwa [1]. Dans sa tête. Dans son corps imposant. Elle le fait savoir : « Je le sens qui vient. Je le sens. Il arrive... » La possession sera brève. Et surtout, rien de spectaculaire. La prêtresse, ou l'esprit par sa bouche, baragouine quelques paroles énigmatiques pour ton entendement. Puis demande à un membre de l'assemblée d'aller casser trois œufs à l'intersection des deux boulevards. Au mitan des quatre chemins et le flot précipité des voitures roulant dans les deux sens. Quelqu'un qui a des couilles. Dont la main ne tremblera pas au moment de l'acte. Une jeune femme, le regard vide, se lève, recueille les œufs des deux mains. Il faudra attendre minuit pile, ordonne la matrone. L'heure des braves. La femme, menue et frêle, disparaît dans un énorme manteau qu'un de ses voisins l'a aidée à enfiler avant de sortir dans la

---

1. En plus d'avoir un nom et un prénom, de se taper la cloche à volonté, de picoler, de se parfumer pour certains, de dégoiser un vocabulaire de charretier pour d'autres, le lwa – prononcer « loa » –, ou encore mystère, esprit, ange, saint est aussi porté sur la bagatelle. À bien regarder, il charrie les chrétiens.

nuit fraîche. Dommage que la demande ne t'ait pas été adressée. Tu en aurais profité pour filer en douce. Mais le mystère t'a déjà ignoré. Comme si tu étais un ver de terre. Un *gusano*, comme on disait des contre-révolutionnaires cubains dans les années soixante. Un microbe ! De grosses larmes roulent maintenant sur les joues bouffies de la matrone. Elle pleure en silence, encastrée dans la dodine qui a toujours autant de mal à basculer sous son poids. Les larmes, lourdes, inondent son visage.

Le service est terminé. Tu es déçu : tu n'as rien vu. Les gens émergent du *basement* dans un brouhaha de voix qui retentissent, métalliques, dans le silence de la nuit. Caroline s'installe derrière le volant sans piper mot. Elle ne parlera pas durant tout le trajet. Elle est dévorée de honte. De toi. De vous. Mais elle ne peut pas t'en vouloir, tu l'avais prévenue. Ça a dû tout de même lui faire un choc. S'embarquer dans une histoire avec le seul compatriote qui ne sache rien du vodou. Ce n'est pourtant pas ce qui manque à New York. Mais non, il a fallu que ça tombe sur elle. Ce sans-racines. Ce Juif manqué, qui n'habite même pas la Grosse Pomme. Ça ne serait jamais arrivé à Carolina, qui aurait décelé l'emmerde dès le départ. Elle appuie sur le champignon. Grille deux à trois feux rouges. Le ronflement du moteur. Les pneus dérapent sur la chaussée recouverte d'un début de gel… Elle finit par ouvrir la bouche. Crois-tu. C'est plutôt ta conscience. Qu'est-ce que ça t'aurait coûté de boire un coup avec ces gens ? Ce ne sont pas des tubards... Qu'est-ce que t'en sais, connasse ? Tu lui réponds avec violence, à défaut de Caroline à laquelle tu n'oses pas adresser la parole. Le moment serait mal choisi. Un quart d'heure tout juste, et vous longez Wall Street. Caroline emprunte la Cinquième avenue à une allure de Formule 1. Plonge vers Riverside Drive qu'elle dévore en deux coups d'accélérateur. S'enfonce dans Harlem. Spanish Harlem. Le temps de garer la voiture dans le parking souterrain, de claquer la portière, vous voilà dans l'ascenseur qui s'arrête au 33e étage. Appartement D31K avec vue sur le Riverside. Les *Twin Towers* en toile de fond. Elle a choisi l'appart exprès pour la vue sur les tours et être ainsi en télépathie avec sa jumelle Carolina. Les rares moments où elles ne sont pas accrochées au téléphone en train de se raconter les moindres détails de leur vie et de celle des autres. Caroline enlève son jeans moulant et son pull, sans quitter sa petite culotte – mauvais signe. Enfile, en lieu et place de la nuisette transparente, un pyjama à pois en coton – très mauvais signe. Se glisse sous les draps et te tourne le dos, non sans avoir lancé : « Bonne nuit, voyeur ! » Trois minutes plus tard, elle dort déjà. L'envie de la réveiller. Pour lui expliquer.

Premier mouvement

« *Ils donnèrent aux murs l'épaisseur des montagnes ;*
 Sur la porte on grava : "Défense à Dieu d'entrer." »

Victor Hugo

1
La rebelle

*

Ceci n'est pas un conte à dormir debout. Même si tu le racontes de nuit. C'est une histoire vécue. Au pays-temps de l'enfance. Une histoire d'homme pour tous les hommes. Et toutes les femmes. Car toute femme est un homme. Sans ou avec des graines comme Grannie. Qui n'aurait pas prisé que tu ne parles que des hommes. Comme si eux seuls avaient pouvoir de représenter l'humain. Ceci n'est pas un conte. C'est une histoire qu'on raconte. Aux autres, ou qu'on revisite pour soi-même. De jour ou de nuit, peu importe. Mais de face. En se regardant droit dans les yeux. Comme un homme. Ceci n'est pas un conte à dormir debout. Si tu (te) le racontes de nuit, c'est juste que la nuit, son silence et sa solitude sont propices aux histoires sans queue ni tête. Qui font peur à la vie. Des histoires qui font un raffut pas possible et qu'on ramène de l'enfance pour mieux les affronter. Et dompter ses peurs d'homme.

*

C'est la faute à elle. Tout ce que tu sais ou ne sais pas du vodou, tu le tiens de Grannie, ta grand-mère maternelle. Celle qui t'administre une de ces volées si t'as le malheur de rentrer en pleurant de l'école ou de la rue (cela revient au même, non ? La rue, tous les gamins le savent, est la plus grande école du monde). Elle ne veut pas d'un pleurnichard chez elle. Autant te faire chialer tout de bon. Alors la fessée déboule drue, appliquée avec le premier objet qui lui tombe sous la main : une ceinture en cuir, un manche à balai rompu sec d'un coup de genou (quitte à faire le ménage dos bas pendant une semaine faute de sous pour en acheter un autre), une branchette arrachée d'un geste preste au laurier-rose qu'en temps normal, elle interdit à quiconque n'est pas de la cour de toucher. Tu le connais, cet arbre ? Tu sais d'où il vient ? À quoi il sert ? Changement de registre quand elle est mal lunée, que la fortune déserte votre foyer, qu'elle a du mal à allumer le feu et dresser chaudière plusieurs jours de suite : « Laisse les os de ta grand-mère tranquilles. » Et l'importun de se retirer la queue entre les jambes, proférant mille excuses de peur d'avoir profané un arbre-reposoir ¹ et de devoir en plus subir la foudre des mystères... La fessée vole bas en même temps que la leçon de vie. Il faut savoir se défendre ici-bas. Ne jamais baisser les bras. Ni devant les hommes ni devant l'adversité. Qu'est-ce que c'est que cet enfant qui rentre à la maison avec deux rangs d'eau, deux rangs de rhume lui labourant le visage ? Un garçon en plus. Non mais. Déjà qu'elle n'accepte pas ces veuleries d'une fille, Grannie. Ce n'est pas qu'elle soit misogyne. Au contraire. Elle sait même, en d'autres occasions, se montrer douce et câline. Te laisser jouer avec ses seins flétris comme des mangues-cornes tétées à l'infini et jetées après usage. Elle feint alors de ne pas vouloir de tes caresses ; au fond, elle en redemande. Qu'est-ce que tu cherches dans ces outres vides ? Le temps les a séchées, ne vois-tu pas ? Réduites en peau de gamin dont un loup-garou aurait sucé la vie. Ses parents avaient négligé de le baigner ou de gâter son sang à la naissance, en lui donnant, par exemple, à avaler une purée de blattes. Tout individu sain d'esprit sait qu'il n'y a pas mieux qu'une bonne purée de blattes ou un bain de feuilles vertes à la naissance pour tenir éloignés, la vie durant, le guignon, le mauvais

---

1. Havre pour l'oisiveté des esprits. Certains le nomment aussi fromager, même si t'as jamais vu un arbre donner du fromage. D'autres, plus pédants, disent : *ceiba pentandra l.* pour faire croire qu'ils savent la langue des prêtres. Quand ceux-ci veulent enfariner les fidèles.

œil, les chrétiens-de-jour-bêtes-sans-nom-la-nuit et toutes qualités de déveines cordées. Grannie, elle, récuse de toute la sécheresse de son corps ces sataneries. À la vérité, ses seins n'ont jamais été aussi lourds que les mamelles de la Vénus, son aînée, qui n'a d'émule en la matière que madame Cheriez, la marchande de fritures, et dont tu te demandes comment elle fait pour les porter. D'où son pas traînant. Bref, elle n'est pas misogyne, Grannie. Mais elle n'a jamais aimé subir les choses. Rester à sa place, comme on dit.

Elle a été la première de la famille, la seule pour sûr, à tenir tête aux anges. À leur dire *madigra m pa pè w, se moun ou ye* [1]. Et pourtant, elle a été initiée kanzo. Elle sait prendre dans sa main de couturière une brique incandescente. La retirer du réchaud à charbons sans trahir la moindre douleur, la déposer à plat sur le sol et t'inviter à faire pipi dessus pour que tu cesses, la nuit venue, d'inonder ta couche. Mais ça ne sort pas. Tes yeux ébaubis cherchent en vain les traces de brûlure sur sa main. La même, sans température aucune, qui te tient le serpenteau, tandis que ses lèvres susurrent pssst, pssst, pssst, jusqu'à ce que tu finisses par oublier la scène précédente et que le liquide jaillisse d'un jet libérateur. Le grésillement se fait alors entendre, auréolant du même coup ton visage

---

1. Ritournelle à utiliser pour chambrer les croque-mitaines.

de vapeurs et tes narines d'une forte odeur d'ammoniaque.

Mais voilà, elle a dit non aux saints. Refusé d'être la prédestinée. Malgré les dons de voyance prêtés par la chronique familiale. Le pouvoir de déchiffrer les rêves les plus emmêlés, qui fait parfois la fortune des petites gens du quartier. Car il lui arrive de mettre en veilleuse sa foi, d'interpréter le songe d'un ou d'une qu'elle estime avoir subi assez de coups vaches du sort, quelqu'un envers qui le Créateur ne s'est pas toujours montré juste, et de lui offrir sur un plateau le numéro gagnant de loterie correspondant à son rêve. Du temps de Nabuchodonosor, elle aurait fait une satanée concurrence à Daniel. Bref, dans ces rares cas, elle refuse toujours les cadeaux de son protégé. On ne l'achète pas, Grannie. Ni d'une façon ni d'une autre. Raison pour laquelle elle a décliné les offres de richesse des lwa si elle acceptait de les servir. Elle ne serait la monture de personne, ni esprit ni humain. Personne ne lui mettrait de bride ni de harnais. Encore moins des œillères. De toute façon, s'il fallait chevaucher quelqu'un dans l'histoire, ç'aurait été elle la cavalière. Elle, à seller-brider les anges. À les caracoler à cru, si nécessaire. Ses deux mains agrippées à leurs ailes. Déjà que les hommes prennent les femmes pour des juments, faudrait en plus porter des esprits sur son dos. Alors un beau matin, elle s'est levée et leur a claqué la porte au nez, au vu et au su de tous. Elle ne fait jamais rien en cachette, Grannie. Elle n'est pas du genre à jeter la pierre et à se cacher la main. Elle a envoyé promener les mystères, créoles et « guinées » compris. (Comme elle fera de pans entiers de sa vie chaque fois que l'ennui ou l'habitude crasse tentera de s'y installer.) Et avec eux, la famille dans sa totalité, qui lui en tiendra rigueur jusqu'au bout. Jusqu'à ce que l'aïeule Lorvanna, puis les sept frères et sœurs soient retournés un à un en Guinée. Elle aura été la dernière à tirer sa révérence, le temps toutefois d'une réconciliation, décidée de son propre chef, avec les saints. Sans aucune pression de la famille désormais absente. D'homme à homme, quoi : le diable fait peur au diable, mais ne mange pas le diable. C'est juste un soupçon de ta part, fondé sur ses visites rapprochées à la cour Blain au soir de sa vie. Alors qu'autrefois, elle avait toujours refusé d'y mettre les pieds.

Quel âge a-t-elle, Grannie, lors de ces événements, qui font trembler le socle de la famille, les voisins, les amis et jusqu'aux fourmis rouges à grosse tête de la Butte ? Dix-huit, vingt ans à tout casser. L'âge, lors, où les jeunes filles se casent. Ses sœurs, elles, n'ont pas mis de temps à trouver chaussures, plutôt confortables, à leurs pieds. Et, dans la foulée, à engendrer une abondante progéniture. Le tour de Grannie viendra beaucoup plus tard, en plus chiche : ta maman d'abord, puis ton oncle, à l'âge où on pouponne les enfants de ses enfants. Entre-temps, les esprits se seront vengés de l'affront public. Ils sont vindicatifs, les esprits. Ils ont même pété un œil à l'unique héritier mâle de tante Vénus, footballeur connu et admiré de tout le pays, le Pelé local en somme. Il s'est envolé pour New York avec son épouse – une infirmière qui t'aime à te rêver, devenu grand, en président de la République – en ayant oublié des années durant de remercier et d'honorer les saints. Malgré moult avertissements en songe ou rapportés par des proches. Sans doute croyait-il, comme beaucoup, que les mystères ne traversent pas la mer. Parole d'ignorant ! Comment ont-ils fait alors pour venir de Guinée, d'Europe ou de la lointaine Égypte ? Celui-ci ne retrouvera l'usage de l'œil qu'après être revenu exprès au pays pour leur offrir un service en bonne et due forme. Un manger gargantuesque arrosé d'alcools forts et de vins fins. Sans compter le pèlerinage à Souvnans, Bassin Saint-Jacques et Ville-Bonheur pour se laver de l'impénitence. La cour Blain, quoique d'emblée, n'aurait pas suffi... Bien entendu, Grannie ne t'a pas laissé y assister, tu tiens ces informations de Fanfan, ton cousin. Tu dis cousin pour éviter de donner trop d'explication. Sinon, on s'en sortirait pas. À la vérité, vous n'avez aucun lien de parenté. Quand Grannie a recueilli Fanfan à la maison, il avait toutes ses dents – d'où ses connaissances – et écorchait déjà les mots. Il est plus âgé que toi d'au moins trois bonnes années. En matière de taille, il n'est pas loin de concurrencer ton pote Freud, mais en plus costaud.

Imaginez un instant, pour faire court, comment des esprits aussi rancuniers ont pris le camouflet de Grannie ! L'auteure (avec un « e » muet, elle y tiendrait) du fâcheux précédent sera la plus humble de la famille. Errera dans Port-aux-Crasses de quartier en quartier, sans feu ni lieu propre, sans pouvoir jamais planter ses racines dans une cour bien à elle. Comme quelqu'un dont on aurait déterré, puis livré le cordon ombilical à l'humeur des marées. Parfois, tu te demandes, en repos de tes errements d'agnostique, si ton propre vagabondage ne serait pas le prolongement de cette antique malédiction. La maison à chambres hautes de la rue de l'Enterrement, qui aurait pu constituer un début d'ancrage et qu'elle croyait pouvoir changer en citadelle inattaquable par la malédiction des mystères, ne résistera pas aux péripéties de ta naissance. Prise à la gorge par les honoraires du médecin accoucheur frais émoulu des universités allemandes, elle la vendra pour une bouchée de pain à un Syrien. Après avoir négocié, par le passé, mille et un coups de poignard dessus, pris et racheté des hypothèques avant cette ultime transaction avec le Syrien. Une urgence de plus parmi une longue série jusqu'à son retour en Guinée. En revanche, elle cultivera sa vie durant la fierté des modestes du clan. Elle veillera à toujours tenir sa progéniture bien accoutrée. Se saignera aux quatre veines pour l'inscrire dans des écoles huppées (les sœurs de Sainte-Rose de Lima pour sa fille). L'incitera de gré ou de force, même pendant les vacances scolaires, à fréquenter les livres pour ne rien avoir à quémander à personne plus tard (gare à toi si tu butes sur un vers d'une fable de la Fontaine au cours d'une récitation à l'improviste ; elle a une mémoire d'enfer, Grannie). Lui enseignera à se mettre un grain de sel sous la langue dans les moments de grande faim, histoire de ne pas saliver devant les assiettes des cousins qui pètent dans la soie. Châtiment suprême, elle usera les hommes comme des collants : deux mariages et un concubinage, quand ses sœurs se seront installées dans des unions durables, définitives. Les mauvaises langues décréteront qu'elle est trop garçon manqué pour retenir les hommes. Ou encore trop sèche. Ceux-ci, c'est archiconnu, du moins dans ce coin du monde, aiment les femmes bien en chair. Et pour une tige de canne comme Grannie, la bataille était perdue d'avance. De même elle perdra ses deux premiers petits-fils, avant d'ériger autour de sa descendance une forteresse de psaumes (le psaume 22 en vigie), de versets et de lamentations, gardée par des prophètes à foison, grands et petits. Le *Livre des livres* donc en guise de bouclier et non pas des bains de feuilles vertes, de boue ou d'eau porte-bonheur. Encore moins des cafards rissolés dans l'huile d'olive.

C'est donc la faute à Grannie, à la graine de rébellion qui a germé en elle. Sa faute si, lorsque résonnent les tambours du vodou, tu ne danses pas la transe ou la crise de possession. Si tu te cabres tel un poulain insoumis. Si tu contredanses tes sens de Caribéen, sans souci aucun pour les esprits, les ancêtres, les saints, les mystères, les diables ou les lwa. Si tu danses la tête libre et le corps en folie. Si ton yanvalou ne plie pas l'échine et ton dahomey n'a pas d'épaules. Si tu ne bois ton rhum vieux qu'avec des êtres de chair et d'os. Si tu chevauches et ne te laisses chevaucher que par des Erzulie au sang en feu. Qu'elles soient de là-bas, de partout ou de nulle part. Sa faute si aujourd'hui tu ne fais pas mystère de ton ignorance du vodou. Faut être honnête dans la vie. Et surtout ne jamais japper avec la meute. Encore moins quand le réclame le maître. Sa faute, qui t'a toujours interdit d'approcher de près ou de loin la moindre chromo, la moindre icône, la moindre image sainte. Le moindre ounfò [1]. La moindre cour. Même pas la cour Blain, temple vaillant s'il en est, qui abrite les chevauchées les plus solennelles des mystères de la famille. Seule la cour de Jérusalem est sacrée, foutre ! Sa faute, qui t'a toujours interdit de prêter l'oreille aux songes prémonitoires des émissaires des anges. Il n'y a de prophétique que ce qui est écrit. Et si possible, là-dedans, assenant sur la Bible une tape

---

1. C'est le nom donné au temple vodou, appelé aussi oufò ou péristyle. Les esprits, eux, s'en tapent. Pourvu que, quand ils y sont invités, on ne leur fasse pas faire le déplacement pour rien. Auquel cas, ils se mettent en pétard. Après, c'est toute une histoire pour les calmer.

à écraser toute une lignée de maringouins ou de punaises. Sa faute, qui ne t'a pas appris à jeter de l'eau. Si, cette nuit, Caroline est en train de roupiller à tes côtés après avoir ignoré tes offres de cavalcades, selon le mot du poète dans la prairie en feu du sang. En un mot, après t'avoir dénié son anatomie à damner un saint, qui aurait tenu lieu de substitut merveilleux à tes questionnements en attendant l'ouverture du jour.

2
La Cour

*

Derrière chaque monticule, il est une colline. Derrière une colline, il y a un morne. Derrière tout morne, une montagne. Et derrière toutes les montagnes, l'Everest. Dressant sa crête de toit du monde. Ignorant l'Aconcagua et le Machu Picchu. Le Gran Sasso. Et le Kilimandjaro, déployant ses neiges bientôt éteintes au berceau de l'humain. Qui est au-dessus du bon Dieu, Caroline ? Du Grand Maître, de Yahvé ou d'Allah ? Qui en dessous du diable en nous ? De nos doutes et de nos peurs d'homme ? De l'angoisse qui te serre le rire à la perte d'un être cher ? Des mots en manque pour accompagner l'absence ? L'enfance sait-elle le dire, qui les a couvés ? L'enfance le sait-elle, qui les a arrosés, éclos, nourris, cuirassés de l'interdit des adultes ? L'enfance, ce terreau intarissable !

*

Elle est là. Immense. Colossale. Dressée au beau mitan de Port-aux-Crasses. À mi-chemin entre le Champ-de-Mars, où campent, fières, les statues des ancêtres, la Basilique Notre-Dame du Perpétuel-Secours, le Palais National qui en impose par sa blancheur, la nouvelle cathédrale et l'ancienne, dont les deux cents ans seront anéantis par des flammes scélérates quelques années plus tard. Seul un innocent verra dans l'emplacement de la Butte un simple hasard géographique. Hum ! Son aspect massif en impose même aux plus vaillants. Une impressionnante colline de tuf, pareille à une forteresse. Rehaussée, vue d'en bas, de toits en tôle ondulée ici, là en béton. À son sommet, la cour la plus d'emblée de tout Port-aux-Crasses. Temple, selon Grannie, de l'idolâtrie vodou. Une cour où il t'est interdit de mettre ne serait-ce que la pointe d'un orteil, même invité par un adulte. D'ailleurs qui oserait aller à l'encontre d'un ordre de Grannie à son petit-fils ? Le quartier la craint plus qu'un lwa petro. Quant à toi, inutile d'insister sur ce qui t'attend en cas de désobéissance. Il suffit d'avoir à l'esprit le séjour de Jonas dans le ventre de la baleine. La sainte colère de Moïse à la vue du veau d'or des Israélites dans le désert. (C'est la faute à ces idolâtres si, aujourd'hui, les tables de la Loi ne trônent pas dans une belle vitrine d'un musée de Jérusalem.) Ou la manière dont Yahvé, en rogne, a séché la main de Jéroboam... Rien que de penser à la double peine qui suivrait ta transgression, la malédiction divine précédée de la raclée de Grannie, ou vice versa – un ordre ou un autre est tout aussi terrifiant –, cela te fait dresser les cheveux sur la tête.

Bref, une cour juchée sur le toit du monde. D'où tombent des roulements de tambour exécutés par des invisibles. Des voix d'enfants braillards, coursés par des adultes qui doivent chercher à les égorger en l'honneur de quelque couleuvre verte. Avant de les écorcher avec leurs ongles, la technique favorite des voleurs de cabris, et de les offrir au petit déjeuner à quelque diable sans nom. À part les filets d'eau qui filtrent du sommet, ruisselant en son flanc pour venir s'élargir en larges plaques graisseuses et verdâtres sur le trottoir, aucune issue apparente. Faut croire que ses habitants se sont servis de leurs ailes de loups-garous pour se retrouver perchés si haut, si loin des chrétiens et des gens normaux. Quelle idée d'aller habiter un lieu pareil quand tout le monde vit au niveau du sol et de la baie sur laquelle ils doivent avoir une vue du tonnerre de Dieu. Le seul privilège que, surmontant ta frayeur, tu leur envies. Pouvoir admirer de là-haut les reflets ondulants de la mer se dorant au soleil rouge aquarelle du crépuscule, le va-et-vient de fourmi folle des bateaux, les humains réduits à l'état de microbes... Et puis l'horizon jusqu'au-delà des océans. Sans fin. Le pied !

Les rares fois où tu es obligé de passer dans le coin, tu prends toujours soin de traverser sur le trottoir d'en face. Presses le pas, regardant la Butte de biais. Histoire de ne pas accroître la pétoche qui te suffoque, change la chair, les os et le sang de tes jambes en coton. Selon Fanfan, ta référence en la matière, elle a tissé des liens se-se-secrets, bégaie-t-il, avec Lakou Souvnans, lieu encore plus terrible situé dans les environs des Gonaïves, et le péristyle du fameux oungan [1] Ya-ya-yatande de l'Arcahaie. Ces deux villes elles-mêmes sont loin d'être petites. Pourquoi, sinon, les ancêtres auraient-ils fait de l'une le berceau de l'indépendance et de l'autre le site de la création du drapeau national ? Ces noms, rien qu'à les évoquer, te flanquent une cacarelle carabinée. Tes tripes gargouillent la fringale de quelqu'un qui n'aurait pas bouffé depuis des lustres. La pétoche est plus forte que la faim, ça c'est sûr. Tu serres les fesses pour ne pas faire dans ton pantalon. Là, devant Fanfan. Qui ne manquerait

---

1. Celui-là, le oungan, est un véritable homme orchestre : il dirige les services, fait le toubib, le juge de paix comme le roi Salomon. En plus d'avoir, toujours comme Salomon et le Nazaréen, un harem à sa disposition.

pas d'aller le crier aux quatre vents. Et qui n'en continue pas moins de débiter son discours haché, sans miséricorde aucune. Ya-Yatande lui-même et un cer-cer-certain Germain sont cousins il ne se ra-ra-rappelle plus à quel degré de l'aïeule Lorvanna. Par ailleurs, une des cousines de Grannie, tante Lamercie, man-man-manbo [1] Sissi pour les intimes, a épousé un natif de Souvnans. Fanfan n'a pas fort à faire pour te convaincre de ces alliances nouées lors d'un terrible cyclone dont les ailes, en plein jour, couvrirent de nuit la face entière de l'île. Seule la Butte, ce jour-là, resta illuminée, torche gigantesque qui aspira toute l'énergie du soleil en son sein.

Malgré les chocottes, tu restes là à écouter le récit de Fanfan. La cour Blain, qu'elle se, se, se nomme. Ça, tu le sais. Avançons, que tu lui dis à ton cousin. Qui te taxe en fonction de son temps de parole aussi pénible au démarrage qu'à la vitesse de croisière qu'il n'atteint jamais d'ailleurs, sauf sur des bribes de phrase. Elle aurait pu tout aussi bien s'appeler Délice. Ou bien Mo-Morel, du nom de l'autre branche de la famille, dont Grannie elle-même est issue et qui y a aussi son destin amarré. Ton imagination voit bien tout ce beau monde rassemblé,

---

1. Au moins, une chose, il faut leur reconnaître à ces gens : ils sont plus larges d'esprit que les cathos. Chez eux, même les femmes peuvent dire la messe. Ça tombe bien : je ne vois Grannie à aucun autre poste si elle acceptait de servir dans leurs rangs.

deux à trois fois l'an, au sommet de la Butte pour un jeter-d'eau collectif. Ceux de la province comme ceux de la capitale. Ceux de l'autre bord de l'eau comme ceux d'ici. Diaspora et natif-natal mêlés. Plusieurs lignées d'hommes et de femmes remembrés sous le mapou séculaire aux fourmis rouges pour rendre hommage à leurs maîtres-têtes. Et la peau de cabri qui éclate dans la nuit de Port-aux-Crasses. Confondant les rites au gré des alliances et des générations. Dans une nouvelle cérémonie du Bois-Caïman. Sans respect aucun de l'orthodoxie. Rada, petro, ibo, kongo. Pim ! Pitim. Pitim. Pitim. Hélant la fortune. Conjurant la guigne et la malfaisance. Se protégeant, avec force oraisons et bains rituels, des estocades de tel voisin, collègue de travail, voire parent envieux. L'éternel ennemi imaginaire du vodouisant.

> *Gede Zariyen, woy, woy*
> *Gede Zariyen*
> *Gede Zariyen, woy, woy*
> *Gede Zariyen*
> *Yo fè konplo pou yo touye mwen*
> *Woy Woy Gede Zariyen* [1]

Le tout se transforme en bacchanales sanglantes qui te retrouvent nageant dans la sueur et le pissat

---

[1]. Ç'a à voir avec la paranoïa du natif de là-bas. Qui voit partout des cabales destinées à lui faire la peau. Aussi cherche-t-il protection auprès de l'esprit gede Araignée.

de ta peur. Les deux tiers du corps hors du lit. Hurlant. Sans réussir pourtant à tirer Fanfan de son sommeil. Et Grannie qui se précipite pour te consoler. N'y pense plus, mon dindon. C'est juste un horrible rêve. Même à moitié endormi, ton visage enfoui dans sa fluette poitrine, tu te gardes bien de lui raconter jusqu'où a été driver ton rêve pour se transformer en cauchemar.

La cour Blain. Toute ta vie, elle t'a intrigué, réfugiée, majestueuse, dans ses mystères. Ceux inventés par ton imagination d'enfant. Ceux glanés ici et là, au fil des conversations des adultes. Ceux rapportés par Fanfan sous la foi du serment, que le tonnerre l'écrase ou que la Vierge lui pète les yeux. À vrai dire, tu n'oses jamais vérifier la position de son gros orteil pendant le serment. Tout le bien-fondé d'un serment réside dans l'orientation du gros orteil au moment de le prononcer. S'il pique le nez au ciel, ça gaze. S'il est bien planté dans le sol, pointe contre terre, ça ne tient pas. Le type est en train de te rouler dans la farine. Tu n'as toutefois aucune envie de demander à Fanfan d'enlever sa chaussure. De déposer le pied bien à plat par terre et de jurer pendant que tu contrôles le positionnement de son gros orteil. Pas seulement pour éviter la puanteur de ses pieds, dont la renommée a fait le tour du quartier et qui traverse parfois ses tennis pour venir s'imposer aux narines de son interlocuteur. Ce genre de choses, on y croit. Point. Il y va d'ailleurs de ton intérêt…

Mais tenons-nous-en à la cour Blain. Tante Lamercie y a son péristyle. Elle ne l'ouvre, paraît-il, que lorsque le jeu en vaut vraiment la chandelle. Pas pour officier des petits services de rien du tout, genre balayer-arroser [1]. Mais pour un bon desounen ou un boule-zen, si. Pour le mariage du Fils, par exemple. Elle a cousu de ses propres mains, dans son ounfò de la cour Blain, la robe de mariée. À la demande expresse du père de la promise, qui a eu vent de ses connaissances, de leur haute portée. Une robe montée en bonne et due forme pour gravir les marches du Palais. Et prévenir toute tentative de démembrement. C'est sûr, la dame – elle est pas à son coup d'essai – va faire des jalouses. Oh, pas tant à cause des attributs du Fils. Tout le monde sait qu'il n'en a presque pas. Qu'une malédiction du lwa Dessalines les a racornis en ver de terre. Que, depuis, il est le passif de Pouchon (on s'arrangera plus tard avec un de ses ministres pour lui donner un héritier). Peu importe ! Quand pareille baraka te tombe entre les mains, mieux vaut regarder où tu poses les fesses. Le père de la promise a donc pris les devants en ayant recours aux services de manbo Sissi. C'est de cet événement, qui vit tout ce que la planète porte de têtes couronnées accourir dans un Port-aux-Crasses débarrassé comme par enchantement de ses mendiants, de ses

---

1. Bale-wouze, desounen, boule-zen : autant de prétextes pour s'arracher au monde réel et faire ripaille avec les mystères.

ordures et de ses puanteurs, que la Cour a refait surface au Palais. Cela dit, entre la Cour et le Palais, il y a longtemps que les noces durent. Avec des lunes tantôt de miel tantôt de fiel. Qui dirige la fanfare de la garde présidentielle ? Un natif de la cour. À qui appartient le terrain où est construit ce Palais, dont le pays est si fier ? À la famille. Réquisitionné, pendant l'Occupation, par les Blancs 'méricains qui n'ont jamais pensé à dédommager les héritiers. Le mariage du Fils est venu apporter une forme de réparation : la Cour remise à neuf, toutes les maisons retapées, une miniplace, dotée de trois bancs publics, aménagée au pied de la Butte, l'inauguration par le maire de Port-aux-Crasses, et la cousine de Grannie a reçu compensation à hauteur du service rendu... C'est mieux que rien, n'est-ce pas ?

Ce qui te fait rêver le plus dans toute cette histoire, c'est la jarre enterrée aux pieds du mapou où on sert à manger aux anges. Une jarre datant de l'époque coloniale bourrée, à en croire la chronique familiale, de pièces d'or, défendue soir et matin par un bataillon de fourmis rouges à grosse tête. Et une couleuvre centenaire paresseusement lovée dans ses branches, qui se laisse offrir son manger comme à un monarque, dans un moïse garni de fleurs. Plus d'un ambitieux s'est cassé le bec contre le tronc du fromager. Certains en ont même perdu la raison, qui croyaient pouvoir se présenter de nuit, creuser sans éveiller les soupçons, s'emparer de la jarre. Et hop ! ni vu ni connu. C'est penser sans les fourmis, qui ne dorment jamais et montent une garde farouche, réveillant à la moindre alerte la couleuvre. Et si celle-ci est dans un mau-mauvais jour et qu'elle s'énerve, elle peut aller jusqu'à étouffer le ma-ma-maraudeur, puis à l'avaler glot ! avant de piquer une sieste de sept jours d'affilée. À la cour Blain, nul ne l'ignore, la jarre est destinée à Grannie. Elle seule, si elle le souhaite, ou un de ses descendants, a le pouvoir de commander aux fourmis de retourner au royaume des hyménoptères, à la couleuvre d'ouvrir le chemin. Et la jarre a-a-affleurerait, sans le moindre coup de pioche, des entrailles de la terre. Récemment, dans un courriel à ton oncle, tu lui disais qu'il fallait peut-être monter une expédition un jour pour aller vérifier le bien-fondé ou non de cette histoire. Ce serait l'occasion de mettre enfin les pieds à la cour Blain. Avec en plus la perspective d'arrêter, une fois pour toutes, de trimailler pour le Blanc...

Va savoir ce qu'en pense le bon ange de Grannie ? Ou Caroline ? Qui dort à l'autre extrémité du lit, un *King size bed* d'une largeur à tutoyer un terrain de tennis, acheté exprès pour accueillir vos ébats. Lorsqu'elle n'est pas de mauvais poil. Parce que tu auras fait une gaffe comme ce soir. Ou que tu persistes dans ton refus de toute descendance. Alors là, elle voit rouge. Faut pas croire que je vais t'attendre toute la vie. J'ai pas que ça à fiche, mec. Sa manière de prononcer cette dernière phrase, dans son drôle d'accent à égale distance entre le créole, l'anglais et le parigot, t'arrache toujours un sourire. Ça t'évite de prendre ses menaces au sérieux. Alors, elle ramasse son oreiller et son corps de gazelle offensée et s'en va pioncer... sur le divan. Pour rien au monde, elle n'irait dans le lit de la chambre à côté. Celui-là est réservé aux galipettes hebdomadaires avec son esprit maître-tête. Une pratique qui, malgré ta largesse d'esprit, reste pour toi un mystère. Mais elle n'a jamais sollicité ton avis sur la question !

3
L'épiphanie

*

Cette nuit, Caroline, comme il serait bon de tresser un ballet endiablé avec ton corps. De danser un kongo de rêve au-dessus de ton ventre. Jusqu'à en avoir mal au cœur, Caroline. Jusqu'à l'amener au bord du naufrage. À le chavirer d'amour. Pour toi. Puis le remonter de l'enfance vagabonde. Et retrouver ton nom vaillant d'intimité. Comme au pays-temps de l'adolescence. Comme en ce temps-là de l'insouciance... militante. Qui te débordait hors de ta douceur. Explosait en crue peur et angoisse contenues de l'absence d'un père. Qui jusqu'au bout hélas n'aura pas revu fumer la cheminée de la terre natale. Cette peur primale, Caroline, qui entrelaçait d'ombre nos rêves d'aube. Asphyxiait nos chants de cœur. Et leur élan. Et leur essor. Ce nom-là à reconquérir, Caroline. Dans la complicité ensorcelante d'un kongo. Celui qui n'est inscrit sur nulle pièce d'identité nul passeport. Celui qu'aucun faciès ne sait rendre. Ni ne sait posséder. Car hors de nos frontières d'homme. Hormis l'espace d'un instant de grâce. Celui à chuchoter entre deux tendresses. Maïté. Cette nuit.

*

C'est un soir un peu bizarre. Un de ces soirs où jouer au soldat marron, à la main chaude, ou même écouter les blagues paillardes des aînés les rares fois où ils te laissent approcher leur groupe – après, ta grand-mère dira qu'on est en train de te débaucher – ne semblent pouvoir dérider l'atmosphère. Ce n'est pas que t'as pas soupé. Les vaches sont plutôt grasses à la maison ces jours-ci ; pour un peu, on dresserait chaudière même par plaisanterie. Ni que tu sois sur le calepin de Grannie pour quelque brigandage commis dans la journée, et qu'elle attende ta rentrée à la maison – il faudra bien dormir quelque part, c'est le credo de Grannie – pour te régler tes comptes avec B12, le martinet à trois branches qu'il lui arrive de prêter à quelque voisin pour tanner la peau des fesses à un petit polisson. Ni non plus que tu aies ramené une mauvaise note de l'école. Rien de tout ça. La chaleur humide et lourde, sans doute, annonciatrice d'orage qui verra les chiens eux-mêmes boire de l'eau par le nez. Peut-être. Mais tu n'en es pas si sûr. Il y a tout bêtement des jours comme ça, tu le sais désormais. Où seule la solitude, au haut d'un arbre par exemple, peut t'apporter un semblant de bien-être. Loin des piaillements de tes camarades, des filles qui sautent à la corde ou jouent à la marelle, prêtes à chialer à la moindre chute. Du quartier. De la ville même. C'est ce soir-là pourtant que tu vivras le moment érotique qui, à ce jour, reste le plus beau de ta vie.

D'où est partie la rumeur que Marie, la servante d'Yvonne, est à poil, chevauchée par un farouche mystère ? Et tout ce que le quartier porte de braguette de débouler dans la cour, après avoir au passage piétiné azalées et bougainvilliers du petit parterre attenant au salon. Un véritable raz-de-marée. Sans compter le viril jeu de coudes pour dégoter un siège en première loge. Dégage, t'as assez vu, c'est mon tour. Deux excités en viennent aux mains. Spectacle inutile qui, en temps normal, aurait fait le plein d'amateurs poussant à hue et à dia. Qui attisant la bagarre, qui d'autres essayant de mettre le holà, qui encore misant des sommes rondelettes sur la victoire de l'un ou l'autre des coqs. Personne, pourtant, ne leur prête attention. L'attraction, comme la vie ce soir-là, est ailleurs. Aussi les deux belligérants finissent-ils par conclure la paix des braves et, dans la foulée, par faire alliance pour tenter d'éjecter d'autres de leur loge.

À quelque chose, ça sert d'être un petit garçon fluet. Long et sec comme un l imprimé. À telle enseigne que, quand tu marches aux côtés de ton copain Freud, si rabougri qu'on dirait un artichaut des tropiques, les autres vous surnomment Li. L'arrivée des premiers films de kung-fu sur les écrans complétera le surnom de Freud en Li Peng, à cause de sa légendaire pingrerie. Mais ça, c'est une autre histoire. Bref, grâce à ta maigreur, tu n'as aucun mal à te faufiler à quatre pattes entre les jambes des plus grands, puis à te dresser sur les genoux jusqu'à risquer un œil à travers un des losanges situés tout en bas du grillage en fer forgé de la fenêtre. Et là, pan ! un coup de massue en pleine tronche. Si tu n'étais pas agenouillé, tu serais tombé raide à la renverse. Tu as la présence d'esprit de t'accrocher à une paire de jambes, celles de Gabriel peut-être, aussi décharné que toi ; d'où son sobriquet de Zo-Poule. Encore que tu sens tout ton corps se liquéfier. Comme si tu allais t'écrouler sur place. Flagada. Purement et simplement.

Le temps de te ressaisir, de rallumer tes billes pour voir si t'as pas rêvé. Voilà qu'elles menacent de chavirer à leur tour. De sortir de leurs orbites. Tu les frottes pour les rajuster et t'assurer que Marie est bien là. Tout-tout-nue. Comme le bon Dieu l'a faite. Tu restes la bouche béante d'hébétude. Un drôle de fourmillement t'arrive en même temps au niveau du bas-ventre. Ton petit-jésus raide comme un bout de bois d'ébène. À la limite du supportable. Aussi brûlant, pour couronner le tout, que ses deux gardes du corps sont froids. Tu manques d'air. Transpires. Est-ce l'attroupement ou l'émotion ?

Un long temps s'écoule avant que tu ne te mettes à passer en revue l'anatomie de Marie. Un beau corps élancé. D'un noir intense et luisant. Plus tard, les chrétiens diront que c'était sa peau de loup-garou, huilée à souhait de manière à pouvoir glisser entre les doigts de ses poursuivants. Ânerie ! On ne voit jamais les loups-garous vagabonder à une heure aussi jeune. À moins que quelqu'un de brave, qui en sait vraiment long, leur ait tendu un piège. Dans ce cas, le téméraire doit pouvoir mettre à profit une des sorties nocturnes du diable, en quête de cabri à deux pattes, pour se glisser dans sa demeure, recueillir sa défroque d'homme restée au frais derrière une jarre d'eau et l'assaisonner de toutes sortes d'épices piquantes à fixer avec des prières de gros calibre. Et à l'aube, de retour de chasse, le baka [1] ne pourra pas enfiler sa peau. Il restera là à se morfondre, jusqu'à ce que le jour finisse par pointer et qu'un voisin, alerté par ses complaintes, aille le dénoncer à la police.

C'est ainsi que, le mois dernier, les autorités ont mis la main sur une femme, d'apparence inoffensive, en réalité un gros loup-garou qui s'est nourri, des années durant, de la chair des nouveau-nés du

---

1. Le baka se nourrit de la chair tendre des bébés. Comme ses compères Bizango, Galipòt, Zobop, Mafreze, Movezè, Sanpwèl… Gare à qui a oublié de gâter le sang de son enfant ou le laisse traîner la nuit à une heure indue !

quartier. Enfin, ceux dont les parents ont été assez négligents pour ne pas leur donner un bon sauté de cancrelats à la naissance, ou les mettre au lit, le soir, avec une Bible sous la tête comme Grannie ne manque jamais de faire pour toi. Même si ta chair n'est plus assez tendre pour un loup-garou. On ne sait jamais. Des fois qu'il n'aurait rien trouvé à se mettre sous la dent. Bref, la dame se croyait à l'abri de tout soupçon. Et pour cause ! Toujours la première, le dimanche matin, à approcher ses lèvres de l'hostie du père Bouilhaguet. À défiler, chapelet à la main, en tête de la procession de la semaine sainte. Elle ne se savait pas pistée depuis des lunes et des lunes. À force, elle s'est laissée aller à des impairs. Voilà comment qu'on l'a attrapée. Faut dire aussi qu'Edgar, seul oungan déclaré du quartier, fatigué de voir les accusations retomber sur le dos du vodou, s'était mêlé de la partie. Un loup-loup-loup-garou – c'est Fanfan qui parle en essayant d'imiter le oungan – est un loup-loup-garou ! Qu'est-ce que ç'a à voir avec nous ? Edgar en sait des choses, lui. Voyez sa marmaille, plus que nombreuse. Signe, si besoin était, qu'aucun membre de cette engeance n'a réussi à s'approcher de sa maison… La vieille dame, à qui on aurait donné le bon Dieu sans confession et auprès de laquelle Grannie t'a envoyé plus d'une fois contracter un coup de poignard, fut donc retrouvée morte près de sa jarre, à moitié recouverte de sa couenne de cochon sans poil. Dans l'impossibilité de se réenvelopper de sa peau, elle l'avait endossée à l'envers pour ne pas attraper froid. Même à y penser en flash-back, ça fout la pétoche.

Pour l'heure, tes billes préfèrent flasher sur le corps de jais de Marie. Les nichons ? Un chouïa plus gros que ceux de Grannie, mais ils n'arrivent pas à la cheville de ceux de tante Vénus. Ils n'ont pas leur opulence. De toute façon, des nénés, t'en as déjà vu. Des trop lourds pour leurs maîtresses. Des étiques. Des flasques. Des riquiquis. Des en pare-chocs. Des pareils à des ballons de foot, comme ceux de madame Cheriez, la marchande de fritures du quartier du bord de mer qui en a fait son tiroir-caisse. Des faut-vraiment-vouloir-les-voir tant ils font corps avec la poitrine. Des fiers qui gardent la tête toujours dressée. Des qui piquent le nez au ciel... Ceux de Marie ont les mamelons comme détachés de l'ensemble. Un grain qu'on devine ferme. Mais te branchent pas au point de te faire arrêter l'état des lieux. Les fesses ? À tiquer de déception. Un manque patent de redondance. Si c'est avec ça que les mystères pensent t'attraper, ils se fourrent le doigt dans l'œil. Comme si elle avait lu dans ton esprit, va savoir avec les anges !, Marie esquisse alors une pirouette. Vlan ! Tu reçois en pleine poire le triangle pubien hérissé de poils bouclés dru et ras le péché. Une forêt noire où tu plonges, abasourdi, et d'où tu ne ressors que lorsque la servante d'Yvonne, qui n'arrête pas de pirouetter sur elle-même avec une lenteur de funambule, te tourne le dos. À chaque fois que tu l'as en face, l'émotion voltige au maximum. Violente. C'est pas comme la foufoune de tes trois cousines, que tu as tripatouillée un soir près de la cage d'escalier de chez tante Sissi. Pas le même effet non plus. Cette décharge qui, à chaque virer-tourner de Marie, te secoue tel un minable cocotier, et te laisse le souffle coupé. En apnée de la vie. Heureusement que t'es pas hypertendu. Sinon, tu finissais sarcophage.

Les autres détails apparaîtront plus tard. Au cours d'une énième virevolte où Marie te fait face les bras fermés devant sa boutique. Dans une main, elle tient une longue machette bien effilée et dans l'autre une bannière. Qu'elle agite à tour de rôle au-dessus de sa tête, fait tournoyer autour de l'ampoule qui tombe du plafond. L'impression que le télescopage entre la machette et l'ampoule est inéluctable. Que celle-ci va exploser. Te privant de l'exhibition. À l'ultime seconde, Marie réussit toujours à éviter le choc. Et sa voix ! Grave. Débarrassée tout soudain de l'accent chantonnant du Nord, que vous aimez charrier en allant acheter ses friandises. Tout se passe comme si quelqu'un d'autre parlait et cantiquait à sa place. Tu n'avais jamais vu un mystère auparavant. La sévérité du visage, son aspect tranchant pareil à la lame de la machette te font oublier un instant la joyeuse nudité de Marie. Un regard intrépide. Téméraire. C'est Ogou, lance Frédéric. Papa Ogou-Feray. Arrête de raconter des conneries, tance Gabriel. T'as déjà vu un guerrier se mettre à poil ? Ogou, c'est un guerrier. Et puis, il aurait réclamé son rhum, sous prétexte qu'il a froid aux couilles. Grenn mwen frèt ! C'est Janmensou, ose Gary. Imbécile ! C'est Èzili, tranche Ti-Comique, tambourineur, dit-on, au péristyle d'Edgar. Regardez bien ses yeux. On dirait les deux canons du colt de Franco Nero, dans l'attente de la première occasion pour en découdre : l'intrusion d'un bandit, l'impertinence d'un blanc-bec... Ils sont effectivement d'un rouge sang. Plus vif que ceux de l'amie de Grannie, le jour où tu l'as surprise en train d'allumer une bougie dans un oratoire en plein midi. Celle qui habite dans les parages de la cour Blain et qui est chiche comme un peigne aux petites dents. Marie, elle, continue de pirouetter sur place, la même étrange incantation accrochée aux lèvres.

Bien des années après, tu retrouveras le même mâle mystère dans un tableau de Stivenson Magloire. Dans ce bonhomme qui brandit, brave, un glaive blanc et un noir étendard. À propos, de quelle couleur est la bannière que Marie agite dans le salon ? Du noir de son pubis ou du rouge de ses yeux ? Sur le coup ces subtilités t'échappent. Tout comme la raison pour laquelle celle-ci s'est mise à poil et qui fera gloser le quartier une semaine durant. Pour les mères de famille et les filles dûment fiancées, Marie n'était possédée par aucun esprit. Sauf peut-être par celui de sa perversité. D'après elles, la servante d'Yvonne voulait juste allumer les jeunes coqs du quartier, afin de les attirer dans son jardin pendant les absences prolongées de sa patronne (Yvonne vit une moitié de l'année à New York et l'autre à Port-aux-Crasses). Pour les profs, et le quartier n'en manque pas, à commencer par maître Moye, Ton'Antonio et une flopée d'autres, elle a pété les plombs. Une attaque de folie, comme cela arrive par moments à des gens sains de corps et d'esprit. Mais que la science n'est pas encore parvenue à expliquer. Dès le lendemain, en effet, Marie vaquera en toute normalité à ses occupations. Même si tu ne la regardes plus du tout du même œil. Tu préfères désormais parcourir quelques bonnes centaines de mètres de plus pour te procurer les « royal air force », ces sandwiches de cassave au beurre d'arachide, aux pickles et au cresson dont tu es si friand.

Pour tout dire, les palabres du voisinage, qui ont suivi, ne te préoccupent pas outre mesure. D'ailleurs, tu ne te souviens même plus du moment où t'as arrêté de mater. Si c'est Marie qui a décidé de mettre fin au spectacle. Si t'as été éjecté de l'attroupement par un nouvel arrivant plus costaud. Peut-être Grannie est-elle venue t'arracher au spectacle pour te mettre au lit. Ce qui est sûr, c'est que la décision n'est pas venue de toi. Paré que tu étais à affronter B12 et les foudres du ciel réunis pour ne pas déloger de ta place. Le black-out total. Mais tant que tes yeux s'ouvriront sur ce monde, tu te rappelleras cette image, ce jeu d'une sensualité au parfum de l'éden. Premier bain d'érotisme offert par un mystère dont tu ignores toujours le nom. Et dont tu as longtemps rêvé de prendre la place pour chevaucher Marie à la folie. C'est comme si tu avais croqué la pomme et gardé ton innocence.

4
Innocent

*

L'innocence, Caroline. Celle de l'enfance. Pas si candide pourtant. L'innocence portée en bandoulière. Tel un crime qu'on voudrait cacher – en quels replis de la nuit, sous quel plein soleil ? – aux yeux des autres et qu'on revendique à la fois. L'innocence en butte à l'orgueil, qui dénoue les peurs et l'amitié. Que de forfaits en son nom ! Que de pirouettes aussi pour resceller l'entente sans égratigner l'honneur. Il était une fois un gavroche caraïbe qui rêvait de devenir criminel. Il ne connaissait de la vie qu'un quartier... et les rumeurs lointaines de l'océan. Et les ailes des avions aussi, qui d'un nuage savaient faire une écharpe. Il était ce petit garçon qui jamais n'a prononcé le mot « père ». Jamais n'en a connu la saveur ni l'amertume. Il lisait la Bible à la lueur de l'aube, mais singeait le roi Pelé et ses cabrioles. Et cherchait la sapidité du crime dans les vrombissements d'un tambour. L'innocence à jamais, Caroline.

*

Depuis le spectacle de Marie, les lwa te filent moins la pétoche. Au temple, les filles sont vêtues de pied en cap : le corsage boutonné jusqu'au menton, la jupe scrupuleusement au bas du genou et les cuisses, après qu'elles se sont assises, à desceller au burin tant elles les tiennent serrées. Vous cherchez toujours en vain, avec tes potes Josué et Samuel, un bout de chair à mater. Un petit carré de chair, dodu si possible, autre que les chevilles, mollets et poignets pour reposer l'esprit de l'aridité du sermon. Niet ! Rien d'étonnant donc à ce que tu leur préfères les mystères. Pour tout dire, ceux-ci te branchent de plus en plus. C'est avec une jouissance jusque-là inconnue que tu cueilles dans ton entourage une allusion, une chanson, un roulement de tambour. N'était l'interdiction de Grannie ! Une interdiction qui commence à restreindre sacrément ton espace vital. À te placer dans le rôle du pestiféré de service. L'impression que les autres, petits et grands, te rigolent dans le dos. Parfois même, ils ne se gênent pas pour le faire en ta présence. Te traiter d'innocent en s'esclaffant. Innocent ! Que de bagarres n'as-tu livrées à cause de ce seul mot ! Il a le don de te foutre en rogne. De te jeter tête baissée sur le chambreur. Et de lui faire ravaler son insulte à coups de poing dans la tronche. De poussière et de crachat. Freud, ton meilleur pote pourtant, sera ainsi envoyé à l'hosto. Il en reviendra avec un bras dans le plâtre qu'il trimballera trois longs mois. Bien fait pour sa gueule. Il n'avait qu'à pas hurler avec les loups.

Tout est parti du match de foot de fin d'après-midi sur le tarmac de l'aviation militaire qui longe le quartier, qu'on rejoint après avoir détourné la surveillance de quelque adulte trop zélé et s'être faufilé à la queue leu leu sous les barbelés. À pareille heure, sauf catastrophe naturelle (genre débarquement des Yankees, invasion des Dominicains pour prendre leur revanche sur l'Histoire, raid d'un commando communiste, tentative de putsch de l'armée), il n'est prévu ni décollage ni atterrissage. La piste vous appartient. Le match bat son plein depuis un bon bout de temps. Les deux équipes sont à égalité. Chacun défend la victoire pied à pied. Avec force cris aussi pour signaler son démarcage ou engueuler un mauvais tireur qui a gâché un caviar, une passe millimétrée digne du Cruyff des plus belles années. La sueur et la fatigue voilent déjà les yeux. La tombée de la nuit entraîne la fin de la partie. On joue la mort subite : le premier à marquer gagne. Et Freud, qui garde les buts, se laisse faire sa toilette intime. Un petit pont tout bête. Offrant sur un plateau la victoire à l'équipe adverse. Ti-Bob, connu dans tout le quartier sous le nom de Gordon Banks à cause de ses arrêts spectaculaires, ne vous aurait jamais fait perdre de façon aussi avilissante. D'ailleurs, s'il ne s'était pas foulé la cheville lors d'un match qui vous opposait à une autre équipe du bord des quais, on n'aurait jamais confié la cage à cette nullité de Freud. De médiocre comme lui en foot, il n'y a que le petit Dumas. Tu regardes ton ami avec rage, garçon-ma-commère, avant de tourner le dos, dépité. Et lui, du tac au tac : innocent ! Tu vois rouge, cours vers lui et, emporté par ton élan, tu l'atteins d'une bourrade en plein collet. Freud se retrouve le cul par terre. Sous la risée de vos camarades de jeu. Très vite divisés en deux camps retranchés, ils se chargent de faire monter la pression. Histoire de clore tout ça par une bonne bagarre avant la douche. Ceux de votre équipe ne sont pas les moins pousse-au-crime, qui voient là une manière de racheter la défaite. Freud n'a pas le choix. Il s'avance. Trace d'un pied farouche la croix de ta mère, la croix de ton père, piétine-les si t'en as. Zone de guerre déclarée que tu franchis sans hésitation aucune. Pas tant à cause du père, tu n'en as jamais eu. Il a avalé sa chique à ta naissance. Mais de la mère. Objet de tous les cultes là-bas. Aussi vénérée sinon plus qu'Èzili ou la Sainte Vierge. Plus tard, tu sauras que ta terre natale n'a pas le monopole de ce culte. Que des garçons, sous d'autres cieux, pratiquent le même. Le Nazaréen, par exemple, a fait de sa mère une vierge. Mais là, devant un tel blasphème, précédé qui pis est de la vanne sur ton innocence, tu n'as pas le temps pour toutes ces considérations. D'une main virile, tu balances au visage de Freud la poignée de terre que quelqu'un s'est empressé de ramasser et d'agiter entre vous.

Celui-ci opère alors une longue retraite. C'est sa stratégie habituelle. Se gonfle comme un dindon. Bras écartés en arc de cercle, dos voûté et tête baissée. Il se lance à la charge. Fonce telle une cavalerie à lui tout seul. Pour qui connaît sa technique de combat, c'est un jeu d'enfant que de le laisser venir, de t'écarter à la dernière minute, tout en te courbant un chouïa de manière à ramener son centre de gravité sous le tien puis, au moment du contact, de te relever en le projetant dans le vide. Freud atterrit le nez dans le bitume. La vue du sang ne te freine pas. Au contraire. Tu en profites pour lui tomber dessus et lui bourrer les côtes de coups de poing. Mais avec toi, Freud sait toujours aller puiser un regain d'énergie au plus loin de son orgueil. Il se débat comme trois diables réunis. Le voilà qui t'éjecte d'un vigoureux mouvement du bassin avant de se remettre debout. Il se jette à nouveau sur toi. Sans même avoir recours à sa méthode favorite, tant il est énervé. Une passe par-dessus la hanche, découverte peu de temps auparavant, en assistant à une des séances publiques de judo de Satan, l'homme est aussi adepte du taekwondo, l'envoie valdinguer sur le tarmac. Le bras droit porté en avant pour parer la chute émet un bruit sec. Les larmes arrivent en même temps. L'arbitre, un étudiant en médecine, s'approche de lui. Palpe l'avant-bras dans tous les sens avant de lancer à la cantonade : ti-messieurs, le bras est cassé. Et tout le monde de détaler. Rats de ville d'un côté, rats des champs de l'autre. Te laissant seul avec ta victime. Freud refuse dignement ton aide. Prend la direction de chez lui, tout en continuant de pleurer. Il soutient le bras cassé de la main valide. Tu marches derrière lui. Sans savoir s'il faut te tirer toi aussi ou aller avouer tes forfaits...

Ce méfait, tu le paieras d'autant plus cher que Grannie a dû consentir elle-même les frais médicaux : le taxi, l'admission à l'hosto, l'achat de la bande de gaze, des remèdes contre la douleur pour ce feignant de Freud qui n'a pas arrêté de chialer... Ajoutez-y le va-et-vient, les jours suivants, au chevet de ton ami pour lui apporter de consistants bouillons de pied de bœuf dont le fumet, même en pareille circonstance, te trouve la langue pendante. Des débours non prévus qui auraient pu servir à colmater les jours de vaches maigres. Elle a supplié la mère de Freud – ce qu'elle n'aime pas faire, elle a son caractère, Grannie – de lui pardonner, elle va prendre les choses en main. Et de quelle manière ! Ce soir-là, elle n'est vraiment pas allée de main morte avec B12. T'as même eu droit à l'agenouillement d'une heure sur une râpe. Tout ça parce que quelqu'un t'a traité d'innocent. Et que tu t'es cru en droit et en devoir de laver l'affront.

Parfois, manque de bol, tu tombes sur plus engendré que toi. Sur un qui, dès le matin, s'en va en quête d'une occase pour en découdre. Avec toi, il le sait, il suffit d'un mot. Un seul misérable mot, et te voilà hors de tes gonds. L'amorce idéale, en somme. Dans ces moments-là, tu en prends d'autant plus pour ton grade que tu réagis sans aucun *self-control*. Satan, qui t'a pris en sympathie, a beau t'expliquer en cachette de Grannie que, dans ce genre de situation, il faut garder son sang-froid. C'est ta meilleure arme. T'as déjà vu Muhammad Ali ? Il tourne comme une guêpe folle autour de son adversaire, mais il n'attaque pas. Il observe. Attend le moment idéal. Que son adversaire se soit fatigué à lancer des directs dans le vide, baisse la garde, prête le flanc. Et là, lui, il frappe. À tous les coups, il fait mouche. Prends-en de la graine. Bruce Lee fait mieux encore. Il reste en garde. Immobile. Sans bouger ne serait-ce qu'un cil. Il étudie l'ennemi. Le laisse faire son cinéma tout seul. Avant d'exploser d'un seul coup. Et le crétin se retrouve par terre à barboter dans sa bave. Cependant, tu n'as pas la tête à toutes ces leçons quand l'autre excité s'amène, un sourire idiot sur les lèvres, exécute une danse de la provoc'autour de toi en te toisant de la tête aux pieds, pour finir par te traiter d'innocent. Puis t'administre une dérouillée de main de maître, te roule dans la poussière avant de te renvoyer à la maison. Double humiliation. Depuis le temps, B12 t'a appris à ne pas pleurer à cause des coups reçus des autres. Tu te réfugies alors au haut d'un des deux arbres de la courette, l'acajou de préférence. Solide comme un mapou-fromager. Loin des insultes du quartier. Rêvant d'être criminel. Farouchement criminel. Tout en fredonnant une des chansons cueillies dans la rue :

> *Apre Bondye*
> *Apre Bondye, mwen se kriminèl*
> *Tonnè !*
> *Mwen di : Apre Bondye*
> *Mwen se kriminèl* [1]

---

1. C'est l'histoire d'un type comme toi qui réclame à cor et à cri le droit d'être un criminel. Après Dieu, bien sûr.

5
Le manger

*

Autrefois, Caroline. Le couvert se trouva mis. Sur tapis d'Égypte. Sur tapis d'outre-temps. Le couvert se trouva mis. Au pays de l'enfance et de la faim en pagaille. Des dieux qui ont grand goût et grande soif. De reconnaissance, de danse. D'amour et de terrestres nourritures. Aujourd'hui résonne encore d'autrefois, Caroline. Du même regret, de la même abondante salive. Le banquet se trouva mis. Et tout le monde y fut convié : les rumeurs de la ville, le crépuscule, les chants offerts du bout des lèvres, les corps balancés en discrète cadence... Jusqu'aux fourmis rouges à grosse tête. Tous y furent conviés : les voisins, la famille lointaine, les cireurs de chaussures : Faustin, Merlet, Ti-Blanc, Lord Harris et les marchandes de débrouille de devant la véranda... Jusqu'aux chalands par les effluves alertés. Invités à honorer les saints. Tous à se déhancher et à gargoter jusqu'au petit matin. Hormis l'enfance toute proche. Hormis l'enfance en mal de communion et de bombance. Hormis l'enfance. Pourtant.

*

L'occasion d'être un criminel se présente plus vite que tu n'osais l'espérer, un après-midi où Grannie tarde à rentrer. Le crépuscule pointe à peine le bout du nez. Encore quelques minutes, et il s'abattra sur la ville. Zac ! Comme un couperet. Tout un chacun s'empresse de regagner ses pénates. Sauf, bien entendu, ceux qui démarrent à cette heure leur journée de travail : outre les marchandes de fritures de dessous les lampadaires, les jeunesses, les tenanciers de maisons closes, les jamais-dodo... Toute cette race d'individus dont Grannie ne soupçonne pas un instant que tu connais l'existence. L'épisode du bras cassé de Freud a interrompu pour un temps les parties de foot sur le tarmac de l'aéroport militaire. L'après-midi, désormais, chacun traîne son cadavre à l'image d'un chien désœuvré. En quête d'une activité dans l'attente du souper, pour ceux qui y ont droit. Tu en profites pour lambiner du côté de chez tante Vénus, dont la maison donne sur la courette commune. Souvent, par grosse chaleur, il vous arrive d'y dormir tous ensemble, dans une joyeuse pagaille qui mêle les deux maisons en une seule et même famille. Ça tombe bien, car l'aînée de Grannie t'a à la bonne. Des mots gentils par-ci. Des petits cadeaux à n'en plus finir par-là. Des cadeaux de bouche en plus. Ta gourmandise a déjà dépassé les frontières de la famille et du quartier.

Tonton Michel, voisin et ami de longue date de la famille, n'en revient jamais de te voir engloutir pareille quantité de nourriture ; à en dégoûter trois adultes à l'appétit largement au-dessus de la moyenne. Phénoménal, s'enthousiasme-t-il. Tout bonnement phénoménal. C'est à se demander où passe toute cette bouffe. Tu l'as déjà dit : tu es long comme une nuitée de cyclone. Quelqu'un de mauvaise foi pourrait croire que Grannie préfère verser la dîme au temple au lieu de te payer à manger à ta faim. Parfois, ton' Michel feint de t'emmener faire un tour dans la camionnette avec ses enfants – Nancy, dont tu es fou amoureux, Ielson, Jude, Betty – et t'enferme dans une chambre pour te gaver de tout ce qui est comestible. Même d'aliments interdits par les dix commandements. Pas gaver, entraîner, se justifie-t-il auprès de tante Odette qui craint, en plus de la transgression du régime alimentaire, une indigestion. Et sa femme de lui balancer : Après, tu te débrouilleras tout seul avec sa grand-mère. Tu sais de quoi est capable cette dame pour peu qu'il s'agisse de son petit-fils ! La moindre nausée, le moindre vomissement, et elle t'accusera de tous les maux d'Israël. Je ne fais que l'entraîner, chérie, rétorque ton' Michel. En attendant, aurait-il pu ajouter, de pouvoir concrétiser son rêve : te présenter au concours national face à Ti Lolit. Le plus grand mangeur de l'île. Capable, selon la légende, d'enfourner un nombre incalculable de biscuits-machettes, de bananes plantains, de ciriques, d'avocats, d'ignames...

Ainsi donc en drivant du côté de chez tante Vénus – à quelque chose driver est bon –, tu tombes sur un des plus somptueux repas qu'il te soit jamais donné de voir : poulets rôtis, maïs grillé, riz aux champignons noirs, aux haricots rouges, riz blanc, canard en sauce, aubergine à l'étouffée, pain de patate douce, boissons gazeuses, vins d'Enfrance, rhum galonné d'étoiles... D'autres plats aussi encore plus tentants : grillot de porc, poissons sans écailles, toutes des bestioles mises hors la loi par le régime sabbatique. Bref, un manger diablement abondant. Et le clou de la table, dressée dans l'attente sans doute des convives : un appétissant gâteau blanc piqué de petites boules dorées, bleues, roses. Trônant au milieu des autres mets qu'il dépasse d'une bonne tête. De ta bouche, restée béante d'ahurissement, déborde une rigole de bave. Qu'est-ce tu fous là, toi ? Tante Vénus, les yeux exorbités, a surgi de derrière ton épatement. Malgré son pas lourd, tu ne l'as pas entendue arriver. Reste pas là. Je ne veux pas donner de prétexte à ta grand-mère pour dire que nous t'avons endiablé. Reste pas là. Tu lui tiens tête pourtant. Refuses, pour la première fois de ta vie, d'obtempérer à l'ordre d'un adulte. Il n'est pas question de rater un tel festin. Tu ne délogeras, en fin de compte, que par la force combinée des voisins accourus au secours de tante Vénus. Inhabile à te courir après. Car il faut amener avec elle ses nichons qui partent dans tous les sens, et elle s'essouffle très vite. Tu la fais cavaler bourrique autour de la cour. Les voisins donc de t'accompagner de manière plutôt rude chez ta grand-mère. Éjecté. Comme un malpropre. Pis, comme un innocent.

Tu te réfugies à la maison la rage au cœur, sans pouvoir trouver une explication convaincante à l'attitude de tante Vénus, si généreuse avec toi d'ordinaire. Tu n'es pourtant pas au bout de tes peines. À croire qu'un dieu cruel s'est amusé à mettre à dure épreuve ta gourmandise. Au bout d'un instant, tu entends des bruits de pas dans la cour. Tu passes alors la tête entre les deux battants de la porte pour voir Faustin, le cireur de chaussures, agenouillé sous le laurier-rose, le cul tourné vers le ciel, le buste disparaissant puis réapparaissant au-dessus du trou qu'il creuse, armé d'une machette. Longtemps, tu as cru que, la circonférence autour du laurier étant le seul endroit non cimenté de la courette, il s'agissait d'un système pour protéger les racines de l'arbre et pouvoir l'arroser sans trop de difficulté. De même si Grannie empêchait quiconque de toucher à l'arbre en inventant Dieu sait quoi, c'était pour leur foutre la trouille. Elle invente tellement de choses,

Grannie. La vraie explication n'a pas tardé à arriver. Ayant achevé son boulot, Faustin est reparti à l'intérieur, avant de ressortir à nouveau, les mains encombrées d'une partie de la nourriture qui se trouvait sur la table quelques minutes auparavant. Il est suivi de près par tante Vénus toute de blanc vêtue, madras blanc sur la tête, foulard bleu autour du cou. Elle porte à bout de bras le gâteau. Dont la vue transforme ta bouche en une véritable vanne. La salive en coule par jets continus. Iota et Ella ferment la marche avec un énorme plateau sur lequel reposent des plats divers et variés. Le ciel est encore assez clair pour te laisser apercevoir la sœur de Grannie répandre par trois fois l'eau d'un petit pot au pied du laurier, récupérer le gâteau qu'elle avait passé à Faustin avant de l'offrir aux quatre points cardinaux, imitée en cela par les deux servantes avec le plateau de repas. Puis le cireur de chaussures s'accroupit aux abords du trou, prend appui sur la paume, y dépose dans des gestes cérémonieux le manger que Iota lui passe au fur et à mesure, recouvre le tout de terre pour finir par placer au-dessus une lampe-tempête déjà allumée.

Subjugué par la scène, tu n'entends pas non plus rentrer Grannie. Qui t'envoie valdinguer sur le lit tout en claquant la porte avec rage. Que je ne te revoie plus jamais assister à ces sataneries. Tu entends ? Jamais ! Vivement, marmonne-t-elle, que je puisse rentrer l'argent nécessaire et m'en aller de cette cour. En fait, la maisonnette que vous habitez appartient à tante Vénus qui la lui loue à un prix dérisoire. Voilà des années que Grannie attend d'avoir assez de thune pour se barrer de là. Mais celle-ci a grimpé au sommet des arbres. Là où les bras d'une femme seule et âgée ne peuvent pas l'atteindre. D'où la fureur contenue de Grannie. Qui te plante la Bible entre les mains, puis sort sur la galerie préparer la bouillie d'avoine pour le souper. Ce soir et les jours suivants, elle évitera la courette. Resté seul, tu ravales tes larmes à grand-peine. Car si tu te fais choper, tu récoltes la double peine à coup sûr. Tu as un mal fou à comprendre pourquoi tante Vénus t'a refusé la nourriture, si c'est pour la donner à dévorer aux fourmis. Elles n'ont pas besoin d'une telle quantité de bouffe, tout de même ! Des nuits durant, le gâteau hantera ton enfance. Avec ses petites boules roses et bleues. Son sucre blanc comme neige. Au point de te faire regretter que Grannie ne soit pas adepte de cette religion où l'on partage des banquets aussi princiers avec les anges. Des nuits durant donc, tu en rêveras. Fruit défendu, comme l'est pour toi ce soir le corps de Caroline qui continue de dormir à tes côtés, d'un sommeil un peu agité depuis quelques instants. Ce corps que tu aurais voulu étreindre pourtant. Cette nuit plus que jamais. Sans doute y retrouverais-tu un peu de ce pays qui s'est refusé à toi pendant l'enfance. Qui persiste, aujourd'hui encore, à décliner tes avances.

6

Le gros pied

*

Une chanson, Caroline. À l'allure de plâtre sur une jambe de bois. Douce pourtant. Que ne te chantait certes pas Grannie. Mais au goût de ta peau, qui sait combler les nuits lointaines de l'adolescence. Enraciner le vagabondage et les vertiges du vide. Celui de l'espace. Celui du temps natal aussi. Dont on n'a plus mémoire qu'en le réinventant. Une chanson de la douceur de ta voix, hésitante, à dire le vide et l'ailleurs qui nous hébergent. Au goût de l'enfance perdue. De cette adolescence de toutes les rencontres : celles de ta peau et de ton rire, si précieux. Celle de ton ventre, dans la zone froide de la vie, chavirant ses saccades sous le mien. Celle de tes peurs si vives. Celle de ta gémellité dont tu prends plaisir à forcer les traits. Masque de toi-même. Comme chevauchée nuit et jour par un saint farceur. Que tu convoquerais à l'infini. Pourvu que ton être échappe à l'inquisition de l'autre. À son regard scrutant ton passé. Fouillant ton rire tantôt fluet tantôt gras. Une chanson douce à frémir la chair du temps.

*

Ça fait un bail que tonton Wilson est rentré de New York et a pris refuge à la maison. S'étant emparé d'office de la vieille dodine héritée de l'aïeule Lorvanna, il reste à longueur de journée assis sur la galerie, à la place exacte qu'occupait l'ancêtre. Balançant son anxiété. Comme elle, il passe son temps à regarder les passants, un sourire niais sur les lèvres. Et surtout à se bichonner le pied droit du plat de la main. Il n'est pas rare de le voir parler à son arpion cabossé comme s'il s'adressait à un chrétien. Lui susurrer en anglais des mots doux dont le sens profond ne fait aucun doute, même pour toi qui n'en es qu'à *gimme five, I love you, son of a bitch* et aux paroles des chansons des Jackson Five qu'en l'absence de Grannie, tu t'en vas répétant tel un jacquot savant sans y comprendre un traître mot. De temps en temps, comme mû par une impulsion irrésistible, il se met à gratter le pied avec rage, jusqu'au sang parfois, en hurlant à tue-tête une chanson d'un nommé Ti-Paris à peine lancée sur les ondes et qui connaît déjà un succès sans précédent. Difficile d'allumer le transistor sans entendre la voix éraillée du chanteur égrener avec entrain :

> *Ou dous, Lina.*
> *Ou fout dous !*
> *Ou gou* [1].

Et le vieux rocking-chair de grincer de toutes parts, dodinant une étrange jam-session qui fait rouspéter le plancher pourri par endroits.

À dire vrai, ton' Wilson avait démarré son show avec un autre morceau. Plus approprié, vu l'état de son pédibus. Il suppliait des feuilles au pouvoir étrange de lui sauver la vie.

> *Fèy o ! sove lavi mwen*
> *nan mizè mwen ye o...*

Il n'a même pas réussi à entamer le troisième vers du premier couplet. Grannie est très vite intervenue, pas de ça chez moi, et le lui a refoulé dans la gorge. Renseignements pris plus tard auprès de Fanfan, il s'agit de la com-complainte d'une mère qui va chercher trai-trai-traitement au mal de son fils chez un oungan. Ton cousin se propose de te l'enseigner en échange de la moitié de ton assiette d'avoine du soir. Taxe que tu trouves, en définitive, trop élevée pour une chanson que la rue se fera fort de t'apprendre.

---

[1]. C'est l'histoire d'une fille, Lina, belle, douce et tout, mais trop consciente de l'être et qui se la joue... à faire chialer les mecs.

Question de temps. Les tractations finissent donc par tourner court. Mais passons. L'idée d'aller chercher remède à son mal chez un oungan suffit pour justifier à tes yeux la réaction de Grannie. C'est ainsi que ton' Wilson s'est rabattu sur la chanson de Ti-Paris. Dont Grannie a dû s'accommoder de l'accent grivois : elle ne peut pas tout refuser à son neveu chéri.

L'arrivée de ton' Wilson à la maison n'a pas été une affaire simple du tout. Elle est encore plus compliquée que le passé simple du verbe clore, qui te donne une pelote entière de fil à retordre en classe : tu te mets à chaque interrogation à l'inventer alors qu'il n'existe pas. L'instit n'a jamais été foutu de t'expliquer pourquoi diable il n'existe pas... D'abord, sa mère – pas au verbe clore, mais à ton' Wilson –, tante Luciana donc, a toujours des démêlés avec Grannie à laquelle elle ne se gêne pas pour donner du sang sale : celle-ci traite grands et petits du quartier avec un égal respect... ou mépris, c'est selon. Sans égard aucun pour leur compte en banque, le nombre de leurs domestiques, la couleur plus ou moins claire ou foncée de leur peau. Bref, tante Luciana pourrait voir dans cet atterrissage de détresse à la maison une tentative détournée de la part de Grannie, genre ruse de Sioux, pour soustraire ton' Wilson à son amour un brin vache. Si ce n'était que ça ! Pour qui sait lire les faits et gestes apparemment anodins du quotidien – en ce sens, Fanfan constitue un décodeur hors pair –, la présence de ton' Wilson à la maison peut signifier autre chose de bien plus grave : c'est Grannie la coupable de son gros pied. Car il s'agit bien de ça, un pied qui s'est mis à enfler un beau matin, accompagné de démangeaisons atroces sans que les plus grands dermatologues de New York city, je, je, je te dis, aient pu en déceler la cause et, par voie de conséquence, la thérapie adéquate. Or si on ne trouve pas la solution d'un problème à New York, tu le sais, on ne la trouvera nulle part ailleurs. Per-per-personne, je, je, je te dis. Même pas les Français, inventeurs pourtant de la Citroën DS qui descend et remonte toute seule. À tant en mater une, toute noire, sur le chemin de l'école, dans l'attente que le conducteur mette le moteur en marche et que la voiture exécute son mouvement lent de Yo-yo, tu arrives parfois en retard... pour aller droit au piquet.

Malgré moult radiographies, moult cachets aux couleurs, aux goûts divers et variés, les douleurs sont devenues si fortes et le pied si lourd que le pauvre ton' Wilson a dû arrêter de travailler. Alors qu'il avait une bonne situation, je, je t'assure. Pour que le Juif te permette de grimper aussi haut dans sa boîte, faut vraiment que tu lui sois indispensable. Pour la petite communauté originaire de la cour Blain, réunie en conseil d'urgence, pas question de lui mettre le bistouri dessus – un des médecins consultés a suggéré l'amputation pour éviter la propagation du mal dans le reste de la jambe. Il y a des choses que la médecine du Blanc ne peut pas expliquer, cette maladie est tout sauf naturelle. Wilson doit repartir d'ici comme il est venu : sur ses deux pieds militaires. Il trouvera remède à son mal à la cour Blain. Mais sur place, la manbo de service, tout en avouant son impuissance, laisse entendre à ton' Wilson que c'est pas la peine d'aller courir les ounfò, gaspiller son argent chez des apprentis sorciers, des bòkò, des charlatans de tout poil, et même sans, seule Grannie détient la clé de sa guérison. La manbo n'a pas pensé un instant – ou bien, jalouse des pouvoirs de Grannie, elle a fait mine de ne pas savoir – que la présence de ton' Wilson à la maison serait mal interprétée par le quartier. En un mot, Grannie est en train de le manger. De finir le travail commencé. Et les mauvaises langues de cracher leur venin. C'est elle qui lui a expédié une lettre montée à New York même. Lui a décoché, à distance, un coup de poudre imparable. Le pauvre l'a ouverte en toute innocence, sachant qu'elle venait de sa tante. Une servante de Dieu, soit dit en passant. La Pharisienne ! Elle cache bien son jeu. Ça se voyait qu'elle était pas simple, avec ses psaumes et ses versets à toutes les sauces. Depuis quand fallait-il mêler la prière du Blanc à nos nègreries ? Aussi, ma commère, lui a-t-on remis en main propre le cadavre-corps du bonhomme, au vu et au su de tous. De sorte que s'il lui arrive quoi que ce soit, la police saura à qui s'en prendre.

Cela dit, les suspicions du quartier sont loin d'être partagées par la famille, qui n'ignore pas combien Grannie est attachée à son neveu. Qu'elle serait incapable de lui vouloir du mal, de toucher à un seul de ses cheveux. Avant le départ de ton' Wilson pour New York, il lui arrivait souvent, les jours de bisbille avec sa mère, de prendre ambassade à la maison, tenue alors pour une manière de territoire étranger où tante Luciana n'est pas toujours persona grata. Il y restait deux ou trois jours, protégé par la loi tacite d'extraterritorialité, jusqu'à ce que les pourparlers, introduits par tante Vénus ou tout autre adulte se croyant en devoir d'intervenir, le renvoient au bercail. Ce coup-ci, ce sont plusieurs membres de la famille, une imposante délégation de parents proches ou lointains que tu n'as pas vus depuis la tombée de tes dents de lait, tante Luciana fermant la marche, qui se présentent à la maison pour demander à Grannie de les aider à dégonfler le pied de ton' Wilson. La famille n'a plus que toi. Tu dois faire quelque chose. Montrer au coupable que Wilson n'est pas un grain de millet laissé à l'abandon sur une terrasse écrasée de soleil, à la merci du premier bec d'oiseau venu. Grannie de leur expliquer, vous le savez bien, j'ai tourné le dos au diable. Pourquoi vous n'en profitez pas vous aussi pour renoncer à Satan, à ses œuvres et à ses manœuvres ? La parole est à ton' Antonio, le plus jeune des sept frères et sœurs, directeur d'école rompu à l'art de jouer l'avocat du diable. Je n'en disconviens pas, mais Dieu lui-même, infiniment compatissant, ne comprendrait pas que tu laisses mourir cet enfant (aux yeux de ton' Antonio, ton' Wilson, qui a pourtant femme et descendance à New York, est encore un enfant) comme un sans-famille. Sans lever le petit doigt. Grannie ne se laisse pas démonter. Vous pouvez toujours le laisser ici si vous le désirez, ma maison est la sienne. L'amener où bon vous semble et le ramener. Moi, tout ce que je peux faire, c'est intercéder auprès du Très-Haut.

Indifférent à toutes ces conjectures, ton' Wilson, lui, ne cesse de supplier Lina de lui chicoter les fesses. Parfois des larmes plein les yeux, qui viennent rouler sur sa face joufflue et sa barbe grisonnante. Avant de faire une pause, de tirer avec force – de la main gauche, la droite est pour l'arpion – sur sa cigarette américaine, puis de se remettre à chanter et à gratter en même temps.

> *Ou dous, Lina.* ⎫
> *Ou fout dous. Ou gou.* ⎬ *bis*
> *Ou gen konsyans ou goud*
> *Epi ou bòn ankò*
> *Ay Lina (bis)*
> *Ay Lina manman*
> *chache oun batwèl*
> *pou bat dada m*

7
Le traitement

*

La vérité, sa vérité d'homme, se lit au mitan de la nuit, Caroline. Sans adjuvant ni tribunal. Au verso du jour et de ses clameurs. Les rumeurs de la nuit ne sont que l'écho prolongé de celles du jour. La nuit, elle, est silence. Dont on peut sonder le cœur... ou le nôtre. Il suffit de laisser ses peurs en repos. D'éteindre leur tam-tam dans notre tête. La nuit seule guérit des maux du jour. Héberge le duel avec l'autre, soi-même. Aucune armure n'est de mise. Le moindre coup porte. Seule la nudité. Là est sa vérité. Dans ce face-à-face sans cuirasse ni arbitre. Dans cette plongée au plus profond de soi. Pour remonter en homme nouveau. Celui qui ressemble le plus à l'enfant abandonné au temps natal. Qui te sert de boussole où que tu ailles. La vérité, Caroline. Sa vérité d'homme.

*

Le lendemain même de la rencontre au sommet, Grannie passera de la parole à l'acte. Nuit et jour, la maison sera secouée des prières de ses coreligionnaires, qui se relaient en quantité d'autant plus impressionnante pour vaincre l'office de Satan que, à la sortie du jeûne, pâtés, assiettes de riz aux alevins et pourpiers sauvages, timbales de jus de chadèque se multiplient comme des petits pains. Servis à bout de bras par Iota et Ella, les deux bonnes de tante Vénus, engagées pour la circonstance pour rassasier les soldats de Dieu dans la lutte finale contre les offensives du diable. Entre-temps, Fanfan se fait l'écho des autres versions du voisinage sur la genèse du mal de ton' Wilson. Le neveu de Grannie, homme d'un attrait certain, a cho-cho-chopé le gros pied en allant faire le joli cœur avec la concubine d'un natif de l'Artibonite. Or, il ne faut jamais avoir maille à partir avec ceux de l'Artibonite : ils ne mangent rien de froid. Leurs différends, c'est connu, ils les règlent soit à la machette, soit par des charmes. Le gros, gros, gros pied est un a-a-avertissement. Juste parce que le co-co-cocu, franc-maçon lui aussi, fréquente la même loge que la boule, boule, boule graine droite de ton' Wilson (comprendre : un type avec lequel ils sont comme cul et chemise). Au cas où celui-ci s'aviserait de continuer ses hardiesses, l'homme a menacé de lui flanquer un *chita tann*. De passer en somme la vitesse supérieure. Alors là, que le tonnerre me, me, me fende, dit Fanfan en essayant de baisser la voix en cas d'arrivée inopinée de Grannie, mais la force employée à débloquer les mots fait sortir le serment encore plus fort, personne ne pourra rien pour lui. Même pas Ya-ya-yatande.

Peu de temps après, ton cousin revient avec une autre version des causes du mal de ton' Wilson : il a été victime, paraît-il, de la jalousie d'un collègue de travail. Qui lui en voulait grave d'être devenu l'homme de confiance du patron, d'avoir acheté une *family house* alors que le collègue en question vit dans un trois pièces ridicule de Brooklyn, en location qui pis est, avec son abondante marmaille. Mais ni les prières ni les différentes versions sur l'origine du gros pied n'empêchent par moments ton' Wilson, qui se prêtait pourtant au jeu, l'air contrit, d'envoyer *al carajo* le faisceau de mains étendues au-dessus sa tête dans la tentative vaine jusque-là d'imposer la présence divine au mal. Et de se mettre à pousser sa chansonnette à pleine voix : *Ay Lina. Ay Lina. Ou dous, Lina. Ou fout dous*, devant le regard médusé des amis de Grannie. Qui n'en reviennent pas d'entendre des mots aussi salaces dans une maison connue de tous pour être la demeure de l'Éternel des armées. Et qui ne savent toujours pas comment se préserver de cette attaque d'un ennemi tout aussi éternel.

Au bout d'une semaine, les séances de prières vont perdre néanmoins de leur élan. Tout juste dépassent-elles le plafond en tôle ondulée, musicienne de talent les jours de grosse pluie. Elles sont expédiées d'autant plus vite que Grannie, dont la boîte à sous menace de tomber en panne sèche, a commencé à rogner sur les rations, de plus en plus chiches dans les assiettes. Il n'y a plus désormais qu'une maigre portion de riz et un demi-gobelet de jus pour rompre le jeûne. Devenu très vite un jeûne à manches courtes. Avant de laisser la place à des « frères » et des « sœurs », passés prendre des nouvelles du malade, qui offrent une courte prière pour sa guérison en échange, implicite, du repas. Sept autres jours plus tard, Grannie se retrouve seule à veiller sur ton' Wilson. Dans les yeux, des larmes d'impuissance brouillées par ses gros binocles à un bras, qu'elle s'empresse de ravaler à ton approche. Sinon quelle race de prof elle serait, Grannie ? Quelqu'un qui prêche une chose et pratique son contraire ? C'est pas le genre de la maison. Faut jamais rendre les armes devant l'adversité, qu'elle t'a enseigné. À tout problème, avec l'aide du Très-Haut, il y a une solution... Qui lui viendra en rêve ce coup-ci. De la voix de l'aïeule Lorvanna, revenue de Guinée pour lui demander de se rendre, au cœur de la nuit, au pied de la statue de Madame Colo. Fichée comme un poteau-mitan entre les rues du Peuple et Marcajoux. Veillant sur les quatre horizons de la ville. Elle trouvera sous le socle des racines à laisser macérer soixante-douze heures durant dans un breuvage, dont tu as déjà la recette, femme vaillante. Tu composeras une compresse pour le pied enflé et une décoction à donner à boire à volonté au malade, qui devra rester à jeun pendant la durée du traitement. Grannie, forte de sa foi, ignorera l'injonction. Mais l'aïeule reviendra la visiter sept fois de suite…

La septième nuit, la maison est réveillée par un cri pareil à celui d'un goret qu'on égorge : ton' Wilson en larmes à la vue des vers et des chiques grouillant par dizaines dans la blessure (les prurits avaient laissé place à une plaie purulente). Ton' Wilson hurlant qu'on est venu le chercher. Mais il refuse de partir. Il n'a jamais fait de mal à personne. Ton' Wilson en pleurs tant et si bien qu'il te vient de chialer toi aussi. Tu sens la morsure des chiques et des vers dans ton propre pied. Dans ta propre chair. La gale aussi, sur tes jambes, ton ventre, ton dos. Tout ton corps, que tu te mets à gratter avec frénésie. Tandis que tonton Wilson hurle encore et encore son désespoir. Sans plus penser à Lina. Ni à personne. Ni au fait qu'on est au mitan de la nuit. Que ses cris risquent d'aller taillader le sommeil de nos voisins : les cireurs de chaussures qui se reposent de leurs rêves naufragés dans la courette, la maison de tante Vénus, celle pentecôtiste du pasteur Pognon et son innombrable progéniture. Tout le quartier, en somme. Plus tard, les gens diront avoir entendu le cri jusque sur les quais... Grannie ne fait ni une ni deux, mon Dieu si telle est ta volonté, se passe une robe par-dessus sa chemise de nuit, se ceint la tête d'un madras blanc pour ne pas attraper froid à une heure aussi indigne et sort dans la nuit d'encre. Suivie comme son ombre par un Fanfan zombie, qu'elle a dû réveiller au passage, et qui continuait de piquer sa léthargie malgré le ramdam de ton' Wilson. Dehors, elle marchera droit en direction de Madame Colo, précédée du Psaume 22 égrené à voix basse. « Ô mon Dieu, j'appelle de jour, et tu ne réponds pas ; / Et de nuit, et il n'y a pas point de silence chez moi... »

Arrivée sur place, elle déclinera son nom vaillant à haute et intelligible voix à la statue, s'il faut en croire Fanfan. Qui jure, après avoir enlevé ses deux chaussures pour que tu observes bien la position de ses gros orteils, avoir vu la sta-statue se pen-pen-pencher pour permettre à Grannie de dessoucher la plante qui avait pou-poussé comme par miracle entre le socle et la chaussée. D'ailleurs, il aurait pris ses jambes à son cou si Grannie ne l'avait pas retenu par l'épaule d'une poigne plus que ferme. Même que, devant l'impossibilité de se carapater, il a fait dans son froc. Si j'ai, j'ai, j'ai pas honte de te le dire... Son geste accompli, Grannie reprendra le chemin de la maison. Avec Fanfan dans une main et dans l'autre la plante, dont elle prend bien soin à ne pas toucher la racine. Sans un regard ni un bonjour aux rares passants qui osent promener les yeux dans sa direction. Toujours selon Fanfan, avant cet épisode, aucune plante n'avait ja-ja-jamais poussé ni ne repou-pou-poussera sous le socle de la statue de Madame Colo.

Trois jours après cette nuit, où tu as dû rester seul en compagnie de ton' Wilson, tétanisé autant par la trouille que par les hurlements du New-Yorkais, le pied commencera à diminuer de volume à vue d'œil. La plaie à se cicatriser. Le neveu de Grannie, lui, à oser quelques pas et à taquiner les jeunes vendeuses des abords de la galerie. Il restera une autre semaine à la maison, peut-être un peu plus – à moins que ta mémoire te joue des tours de polissonne –, avant de repartir pour New York, une petite fiole dans la poche et un sourire de la largeur et de l'éclat d'un soleil de crépuscule sur le visage. Depuis, tous les ans, à Pâques et à Noël, un émissaire apportera de la part de ton' Wilson une enveloppe, qui servira de garantie fictive à bien des crédits contractés par Grannie. Si je te dis que je reçois tous les mois de l'argent de New York, lâche-t-elle face à la mine dubitative de la marchande ambulante. Qui découvre après coup qu'il s'agissait de faire crédit contre son gré. Car Grannie se garde bien d'annoncer les couleurs avant que celle-ci n'ait déposé sa lourde charge et lui ait remis les denrées. Mise devant le fait accompli, la marchande bien souvent cède. Surtout si Grannie a pris soin auparavant de lui offrir un petit café, ma commère ou un grand verre d'eau fraîche par cette chaleur, c'est bon pour le corps. Mais il arrive que l'une d'elles, vexée de s'être fait rouler dans la farine, remballe ses cliques et ses claques et s'en aille dans un torrent d'injures. Ce n'est là qu'exception, les arguments de Grannie sont souvent en béton armé. Du genre, la maison est là, elle ne peut pas s'échapper. Je ne vais pas non plus déménager à cause de vous... À telle enseigne que les créanciers eux-mêmes seront les premiers à s'enquérir de la santé de ton' Wilson, comment va ton neveu, manmie ?...

Malgré cette prouesse de très haute portée, dont tous, à la vue d'un ton' Wilson gaillard et poilant, auront deviné les racines de la guérison, le quartier continue de te tenir éloigné du moindre simulacre de cérémonie. De te donner de l'innocent à tout bout de champ. Le doute n'est plus permis : il y a une cabale contre toi. Plus les jours passent, plus tu en es convaincu. L'impression que tout un chacun te regarde avec des yeux du genre « le pauvre, il est vraiment pas verni ». Depuis, tu cherches un moyen pour te rattraper. Enfin, tu ne peux pas te battre avec tout le monde. Non seulement t'es pas un coq de combat, mais la médaille peut avoir son revers.

Tu en as fait l'expérience en maintes occasions. Il faut trouver un autre truc. Quelque chose de costaud. Capable d'en boucher un coin jusqu'au plus incrédule. Celui qui cherche ne dort jamais sans souper, dit-on sur le bord des quais.

Deuxième mouvement

Se gran chimen m te ye
Tout moun pase ap ri mwen
Se gran chimen m te ye, Kolobri
Lapli tonbe mwen pa mouye

Chanson haïtienne

1
L'expédition

*

Le corps de Caroline. Que tu devines sous la double protection des draps et du pyjama. Elle dort du sommeil profond de qui a la conscience tranquille. Sûre de ses droits et de sa bonne foi. Certaine que Dieu existe et que les lwa sont ses émissaires sur terre. Que si tu n'as pas su unir ta voix aux leurs, c'est faute d'amour pour elle. Sans doute ne peut-elle conclure à l'absence totale de sentiment de ta part, celui-ci est néanmoins trop tiède. Comment expliquer autrement tes tergiversations ? Que tu ne comprennes pas ses désirs de femme ? Égoïste ! Il n'y a pas d'autre mot pour caractériser ton refus systématique de prendre en compte ses attentes… Elle dort, Caroline. Enlacée de ses certitudes. Des sifflements légers viennent heurter par à-coups sa respiration jusque-là imperceptible. Elle dort sereine, tel Jonas dans la cale du bateau pour Tarsis. Tandis que ses compagnons de voyage font face à une mer démontée. Elle dort, Caroline. Tandis que ces bouffées de l'enfance t'envahissent la mémoire. Escortent tes pas dans les sinuosités de la nuit. Solitaires.

*

Le premier acte téméraire qui te vient à l'esprit est une virée à la Butte. Défi suprême, s'il en est. Qui te colonise la pensée toute la nuit. T'empêche de pioncer tranquille. À côté de toi, enroulé en chien de fusil et recouvert de la tête aux pieds, sa position favorite, Fanfan n'a pas bougé le petit doigt ni chuchoté le moindre mot depuis une bonne heure. Qui sait jusqu'où il aura lâché ses rêves ? Chez lui, la distance parcourue est proportionnelle à l'intensité du ronflement. Ce soir, il a dû atterrir au plus près à Lakou Souvnans, voire au-delà. Aucun temps mort. Les phases de ronflement se rattachent les unes aux autres, pareilles à autant de wagons d'un de ces trains sans queue qui transportent la canne à sucre à l'usine. Ses sifflements, mêlés aux questions qui te trottent dans la tête – comment y aller à l'insu de Grannie ? dans quelle entreprise hardie faudra-t-il te lancer sur place ? – ne facilitent en rien l'arrivée du sommeil. Qui devient une nécessité au fur et à mesure que la nuit prend ses aises. Gagne en noirceur et, par ricochet, en pétoche dans ta tête. Si encore tu pouvais allumer la lumière ! D'abord, tu ignores s'il y a l'électricité. C'est jamais une garantie, surtout ces jours-ci, hors saison des pluies. La centrale hydroélectrique, Gabriel t'a bien éclairé là-dessus, n'est plus alimentée en continu. La ville vit sous rationnement. N'empêche qu'à la fin du mois, la facture sera la même sinon plus corsée que la précédente. Du coup, tu piges pas pourquoi Grannie, c'est la deuxième raison pour laquelle il t'est pas permis d'allumer la lumière, met la maison au régime black-out une fois qu'on est au lit. T'as beau lui dire qu'on n'économise que dalle. Les factures de l'Électricité de Salbounda, c'est pas comme le drapeau qu'on monte et descend tous les jours devant les édifices publics. Même que si tu t'arrêtes pas pendant l'envoi ou la descente du bicolore et que tu te fais choper par la police, tu risques de passer un sale quart d'heure. Les factures, elles, quand elles décollent, c'est pour de bon. Tu les revois jamais. Il faut bien, du reste, que quelqu'un casque pour les consommateurs pirates prêts à tout, parfois au péril de leur vie, pour se brancher à l'œil. T'as beau aussi trouver un intérêt soudain à tel chapitre de la Bible que tu souhaites approfondir, rien n'y fait. Si tu insistes, Grannie manque pas de te rappeler que ton père n'a rien laissé en mourant, surtout pas des bons de consommation à vie à l'EDS. C'est le couvre-feu. Point. Et en guise de conclusion : Tu te tais si tu ne veux pas que je t'allume l'arrière-train.

Commence alors le corps à corps avec ton imagination pour l'empêcher de t'entraîner trop loin au premier bruissement non identifiable arrivant du dehors. Sauf en période scolaire où on se couche plus tôt. Et que l'activité bat encore son plein dans la courette, devant la galerie, dans la rue. Tu reconnais au vol chaque pas, chaque rire, chaque rot, chaque pet. Distingues la musique d'une activité nouvelle d'une autre plus habituelle. Le temps que ces rumeurs s'éteignent, le sommeil t'a déjà gagné... En d'autres occasions, ce soir par exemple, c'est la croix et la bannière. Les hurlements prolongés des chiens, sur le passage d'un zombie fugueur ou emmené de force par un bòkò [1]. Le vent qui se chamaille avec les feuilles des arbres. Les chats marron s'enfuyant devant quelque mangeur de matou soûl comme un sacristain. Le coq de tante Vénus qui se met à chanter au haut du laurier, puis volète de branche en branche pour chasser ses cauchemars. Tout en libérant sa fiente sur le drap ou la tête du shiner allongé sous l'arbuste. Le moindre bruit de pas, réel ou imaginaire... Tout peut servir de détonateur à trouille dans ton cerveau. Cette nuit, les tambours du péristyle d'Edgar se mêlent de la partie. Le vent le change en bandonéon géant. Par

---

1. Ce mec, il sert les mystères que de la main gauche. Pour faire des bêtises, quoi. Genre envoyer un coup de poudre à quelqu'un ou le changer en zombie. Faut pas le confondre avec le oungan qui se fâche aussi sec si quelqu'un ose le comparer à un bòkò.

moments, le son t'arrive de si loin que tu te dis ce n'est pas Dieu possible ! il ne peut pas provenir de chez Edgar. Son ounfò se trouve même pas à un jet de pierre de la maison. Soudain, ils se rapprochent. Tu les entends sous la fenêtre. Ça y est, ils sont là. Juste derrière la porte. Ils vont la défoncer pour venir te manger. Leur musique du diable résonne au creux de tes oreilles... et de tes reins. Mais tu te méfies. Tu connais la malignité du démon. Il en a eu plus d'un comme ça. L'envie de danser, qui te démange les hanches, ne sera pas ton talon d'Achille. Tu ramènes le drap par-dessus ta tête. Tu n'entends pas moins le ronflement de la vaccine et du mannouba. Tu te retournes cool pour pas te faire entendre du dehors. Avec, toutefois, assez d'énergie pour réveiller tout autre que Fanfan. Au moins, vous seriez deux ! Lui semble encore plus dur de la feuille. (À des années-lumière et à des heures d'avion de là, le sommeil de Caroline ressemble au sien. Indifférent à tes questionnements au mitan de la nuit.) Tu as la présence d'esprit de dresser le Psaume 23 en bouclier devant ta peur. « L'Éternel est mon berger, je ne manquerai de rien. [...] Quand je marche dans la vallée de l'ombre de la mort, je ne crains aucun mal. » Ils reculent. Les sons maléfiques reculent devant l'avancée de l'armée de Dieu. Ta langue ne faiblit point. Tu continues de leur catapulter les versets du roi David au cul. Que le vent les ramène d'où il les a sortis. T'en as d'autres en réserve au cas où. Ouf ! Le silence. Tu décompresses et, au bout de quelques minutes, on ne sait jamais, tu te reprends à penser à ton défi du lendemain : la virée à la Butte. Tu vas en mettre plein la vue à tous !

Au réveil, tu ne dis rien à Fanfan ni à Freud ni à personne. Le petit déjeuner avalé – les vaches sont grasses ces jours-ci, tu as eu droit à une banane en plus du jus d'orange et du pain beurré –, tu te réfugies dans un coin en compagnie de La Fontaine. Il sert à tous les coups, celui-là. En attendant que Grannie aille voir où le jour prend racine. En un mot, où elle peut négocier quelque affaire pour ajouter quelque compagnon de marmite au riz et haricot. Elle met un temps fou à partir. S'arrête à mille bricoles. Dans l'intervalle, y a toujours un désœuvré pour venir traîner la poussière de ses savates sur la galerie. Au prétexte de dire bonjour en passant. Ou de reprendre souffle avant d'affronter le morne Calvaire. Comme s'il s'agissait d'escalader le Kilimandjaro. Au fond, personne n'est dupe. Ni l'invité imprévu ni Grannie. Ni vous autres enfants. La preuve : l'Auberge du pauvre que vous appelez la galerie, Fanfan et toi. On y trouve à toute heure du jour et de la nuit une tasse de café et deux ou trois biscuits à grosse mie à l'œil. Quitte, pour Grannie, à les prendre à crédit chez Nérélia. En période de disette, l'hôte impromptu a au moins droit au café. C'est le minimum syndical à offrir à un chrétien. Bien sucré, s'il vous plaît, ose même réclamer le sans-gêne ; ça remplace toujours le pain qu'il escomptait. Autrement, c'est l'assiette du pauvre, une part du repas de midi, laissée de côté pour l'auto-invité de la dernière heure. Dont l'arrivée vous fait souvent rager, Fanfan et toi qui aviez des visées dessus. Tous les pique-assiette et les crève-la-faim du quartier, voire au-delà, le savent. C'est l'embouteillage parfois. Grannie se retrouve ainsi à diviser en deux ou trois une portion prévue à l'origine pour une personne. Ou à improviser un repas, lorsqu'il s'agit d'un qu'elle considère vraiment mal loti, pas du tout gâté par le sort, le pauvre.

Il n'est pas rare non plus que vous soyez obligés de céder votre couche à un inconnu recueilli on ne sait où, qui va rester à la maison blanchi et nourri jusqu'à ce qu'il décide de repartir de son propre chef ou que Grannie l'engueule grave au point de lui demander de secouer sa paresse. En un mot de décamper. C'est ce qui s'est passé avec Elifèt, arrivée avec un mioche qui bourgeonnait dans son ventre sans le dire à personne. Ce n'est qu'au bout du septième mois – elle cachait son forfait sous de larges bandes – que Grannie s'est rendu compte de la grossesse. Ta grand-mère n'a fait ni une ni deux, l'a mise dans un camion et l'a renvoyée à sa famille en province. Heureusement qu'elle avait dit d'où elle venait, sinon on l'avait sur le dos avec le chérubin et tout. Si une femme peut te cacher un acte pareil, elle est capable de bien pire, s'est énervée Grannie ce jour-là. J'ai des innocents à élever dans cette maison... Bref, l'indésirable de ce matin, après avoir siroté son café, prend enfin congé. Grannie en profite pour se retirer dans la foulée en vous laissant le soin de laver les tasses. Il était temps, car le soleil a déjà sorti les griffes.

Grannie a à peine le dos tourné que tu lèves l'ancre à ton tour. Sans même une explication à Fanfan, qui aurait sans doute flippé. Par peur des représailles de B12. Direction : la Butte. En remontant vers Notre-Dame du Perpétuel Secours, c'est la voie la plus courte. De là-haut, on a une vue d'enfer sur la cour Blain. La même hauteur. Au point que t'as l'impression de la tutoyer. Tes pas sans précipitation, presque lents, te permettent de réfléchir encore au geste à accomplir une fois sur place pour enlever la parole de la bouche à tous ceux-là qui te traitent d'innocent. La nuit et ses roulements de tambour ne t'ont pas laissé le temps d'y penser. Cela dit, mettre les pieds à la Butte, fouler une cour aussi vaillante n'est-il pas un acte de bravoure en soi ? C'est pas donné à tout le monde. Aller ainsi au-devant de l'inconnu. Car tu ignores encore l'ampleur de la foudre que ton geste va déclencher. Une branlée du tonnerre de Dieu de Grannie ? Ça, c'est acquis. Mais de la part du oungan ou de la manbo de service ? De la part des mystères ? Arrivé à mi-chemin, tu sens soudain la panique t'envahir. Ton cœur se met à battre un drôle de tambour kata. En précipité qui pis est. Ne t'apprêtes-tu pas à te lancer dans une action au-dessus de tes forces ? David, chétif, malingre, a bien terrassé le colosse Goliath, te dis-tu pour te donner du cœur à l'ouvrage. Le peureux en toi : si jamais tu y arrives, après avoir surmonté tous les obstacles dressés sur ton chemin – un adulte te reconnaît, un te surprend en pleine action –, ceux du quartier en sauront-ils quelque chose ? L'exploit ayant lieu à la cour Blain, la famille aura vite fait de l'étouffer...

Tu t'arrêtes au bord d'un muret, le temps de mettre de l'ordre dans tes pensées. Avant de te rendre compte que tu es accoudé à la maison d'une amie de Grannie, une catherinette plus chiche qu'un peigne aux petites dents. Qui préférerait crever de faim plutôt que de partager un bout de cassave avec un chrétien. Alors qu'elle doit offrir des festins princiers à ses diables. Tout le contraire de Grannie. Elle peut rester un après-midi entier à te causer sans même te gratifier d'un verre d'eau. Et l'école ? Et la famille ? Tu es devenu un grand garçon. À l'heure qu'il est tu as sûrement une fiancée (elle se paye même ta tronche)... Fanfan et toi, vous prenez un malin plaisir à vous présenter chez elle à l'heure du déjeuner dans l'espoir secret de lui forcer la main. Niet ! Frère Nicolas, qui sait que l'homme ne vit pas seulement de parole, même divine, ne rate jamais une occasion pour la dénoncer dans ses prières publiques. Frère Nicolas fréquente tout le monde, peu importe sa foi. Un saint homme. Qui s'en va, nuit et jour, un énorme balluchon sur le dos. Lourd de toutes les pages de la Bible copiées à la main, au crayon de papier, et reliées chapitre par chapitre avec des clous de deux pouces. Histoire sans doute de se rapprocher de Dieu. Entre-temps, il aura revendu plusieurs versions du Livre des livres. Offertes par de braves gens qui l'ont pris en pitié, croyant que c'est faute de moyens pour s'en payer un qu'il se trimballe dans les rues de Port-aux-Crasses, pareil à un Père Noël des tropiques. Eh bien, frère Nicolas, qui connaît très bien cette amie de Grannie, a confirmé son avarice le jour de la visite du pasteur guadeloupéen. Une belle prière. Dont personne ne doutait qu'elle aurait été exaucée. Pleine de ferveur et de grâce. L'assistance, magnifiée, toute disposée à clamer amen. Et là, la honte ! Papa Bon Dieu, certains, dont cette dame qui habite près de la Butte, sont prêts à laisser mourir un de tes enfants sans lui offrir un plat de maïs moulu. Puis il embraye. Moi qui vous parle, je n'ai rien bouffé depuis trois jours. Rien à me mettre sous la dent ce soir. Rien à donner à ma vieille mère. La tactique habituelle. Dans l'espoir d'une obole collective en sa faveur. Mais personne s'attendait à ce qu'il l'utilise en présence d'un étranger. La honte sur le temple.

Adossé au muret, à quelques foulées à peine de la Butte, tu te demandes si tout compte fait, il ne vaut pas mieux jeter l'éponge. Tu vas droit au casse-pipe si tu ne sais pas jauger la force de l'adversaire.

C'est ce que t'a enseigné Satan. Faut savoir battre en retraite. Sans renoncer pour autant au combat. Sinon ton adversaire te prendra pour un éternel capon. Sur lequel il pourra passer sa rage quand ça lui chante. Partir oui, mais pour revenir plus fort. D'emblée. Et terrasser l'autre. En présence de témoins… Pour ne pas perdre tout à fait la face, tu décides de dire un bonjour prolongé à l'amie de Grannie. Histoire d'en rigoler, après coup, avec Fanfan. Un bond par-dessus le muret. La porte, qui donne sur la galerie, est entrebâillée. Elle a dû la laisser entrouverte pour faire courant d'air. Tu frappes somme toute, question d'éducation. Aucun bruit de pas ne vient à ta rencontre. Tu pousses la porte, franchis le seuil tout en criant : y a quelqu'un ? Avant d'apercevoir l'amie de Grannie – ça ne peut être personne d'autre, elle n'a ni enfants ni mari – debout dans un coin de la pièce. Mais partie si loin qu'elle ne t'entend pas arriver dans son dos. Tu ne t'expliques pas comment, sinon, tu peux la surprendre en plein soleil de midi en train d'allumer une bougie dans un petit oratoire bourré d'objets hétéroclites qu'elle a vite fait de cacher derrière un rideau, avant de t'affronter du regard, visiblement contrariée, de te demander ce que tu manigances dans la rue sous ce soleil, de regagner tes pénates (elle aime parsemer son créole de français pointu), ta grand-mère doit s'inquiéter de ne pas te voir. Ce n'était pas la peine qu'elle use de toute cette précaution oratoire. Ses yeux d'un rouge inhabituel lancent de drôles d'éclairs qui t'incitent à repartir dare-dare et, de ce jour, te feront craindre sa maison autant sinon plus que la Butte. Que, de toute façon, tu as renoncé à visiter. Sur le chemin du retour à la maison, tu t'occupes à inventer des histoires – une à l'intention de Grannie, l'autre de Fanfan – pour, le cas échéant, justifier ton absence prolongée... Des années plus tard, la rumeur t'apprendra que la dame des environs de la Butte a trouvé la mort, assise sur une chaudière de court-bouillon de thazar tout juste sortie du feu, qu'elle tentait ainsi de cacher à un hôte impromptu.

2
L'appel

*

Le corps de Caroline. Immobile dans son sommeil. Tandis que les lumières, nombreuses, de Harlem te multiplient les clins d'œil par la double baie vitrée de la chambre. Comme autant d'appels vers des ailleurs inconnus. La nuit clignote le silence. Des flots de voitures, qui glissent sur la chaussée comme dans un rêve. Des rames du métro aérien, dont les scintillements déchirent le vide lointain. Des gens, dont tu imagines le pas, sûr ou apeuré. Voûtés sous le poids du quotidien ou dressés à la conquête de la nuit. La nuit de Manhattan, peuplée de gens et de lumières. En dissonance avec les nuits d'ombre de l'enfance, habitées des seuls êtres venus de la fantaisie des gens de là-bas. Habitées de rumeurs de toutes sortes. Celles vraies et réelles de la nature. Celles qui se battent dans ton imagination d'enfant. Et qui viennent cogner contre le corps, nimbé lui aussi de mille éclats, de Caroline.

*

Le père de Freud est officier militaire de carrière. Tout le contraire du fils. Qui a hérité de la petitesse de la mère. Sans être costaud. Au moins, ça aurait compensé. Pour un garçon, c'est vraiment pas un cadeau. Les filles te traitent encore plus de haut. Sans compter les surnoms du type : Microbe, Tom-Pouce, Lilliputien. Qui font poiler tout le monde sauf toi. Le père de Freud, lui, c'est un balèze. Un vrai mapou d'homme. En plus, il se tient toujours comme s'il avait gobé un balai. Rien que sa voix peut dézipper la vessie même au plus dur de la feuille. Les seuls moments où on entend rire ce monsieur au mauvais caractère immuable, c'est le dimanche après-midi. Quand il invite ses frères d'armes dans l'arrière-cour de la maison. On le voit alors entouré de bouteilles de rhum et de soda, de seaux à glace. D'une grappe d'hommes en uniforme. Certains sont en civil. Des militaires eux aussi, du moins des autorités. Par moments, l'un d'eux caresse la crosse du pistolet qu'il porte à la ceinture, mais dans le dos (c'est à se demander s'il aurait le temps de dégainer en cas d'attaque soudaine). Le remonte un chouïa avant de s'asseoir. L'enlève de sa ceinture. Fait basculer le barillet ou le chargeur. Extrait une à une les cartouches. Dépose l'arme avec ostentation sur la table pour en expliquer le maniement aux autres. Alors là, faut vraiment être hardi pour risquer un œil par-dessus la clôture. Et surtout rivaliser d'astuce pour pas se faire choper ni d'un côté ni de l'autre.

Pendant qu'ils déroulent ainsi leurs discussions à n'en plus finir, la servante alimente la troupe en carburant, glaçons, pâtés de poulet, acras de morue et d'arbre véritable, bien dorés au four à gaz... Outre le frigo General Electric, la famille de Freud possède en effet une gazinière, d'un blanc dégradé. À la maison, en revanche, c'est le règne du réchaud à charbon de bois. On en a même deux. À l'origine, quoique bien campés sur leurs trois pattes, de bien des chicanes entre Grannie et la bonne. Celle-ci réclame à cor et à cri le même instrument de travail que sa consœur de chez Freud. À l'en croire, le réchaud est responsable des plats brûlés. Des grumeaux dans la bouillie du soir. Du riz pas cuit. Des vivres à moitié crus dans le bouillon. De la viande saignant quand on y pique une fourchette. Bref, toutes les catastrophes qui rendent une nourriture immangeable. Grannie : Tu sais combien ça coûte, un truc pareil ? Tu en avais déjà vu avant de mettre les pieds ici ? Il n'y a même pas l'électricité dans le bled d'où tu viens. D'ailleurs, maladroite comme tu es, tu aurais fait exploser le quartier un jour. La bonne : Oh ! oh ! J'ai travaillé chez madame Untel, une maison très chic, on n'y a jamais brûlé un morceau de bois. Au plus fort des chamailleries, t'as dû intervenir pour expliquer à la servante que sa collègue l'a menée en bateau. La gazinière de chez Freud est un objet d'apparat. Elle fonctionne que dans des occasions exceptionnelles. Deux ou trois fois l'an, à tout casser. Pour un gâteau d'anniversaire, un gratiné de macaronis. Quand le père de Freud veut épater ses frères d'armes avec un plat recherché. Elle n'a rien voulu entendre. Au contraire. Elle a revendiqué tant et si bien son objet que Grannie, n'y tenant plus, lui a demandé de ramasser ses affaires et de débarrasser le plancher. Faut dire aussi que ça faisait longtemps que Grannie avait du mal à la payer. Elle a profité de la dernière engueulade pour s'en débarrasser et économiser ainsi sur un apport dont, tout compte fait, elle peut bien se passer. Mais bon, des histoires de Grannie et des bonnes, tu pourrais en raconter à la pelle. Ça ne ferait que t'éloigner de l'essentiel. De la rencontre fortuite qui pourrait témoigner, si besoin était, de ta témérité. Mais le quartier est plein de jaloux, à l'affût du moindre prétexte pour douter de ta vaillance.

Voilà trois dimanches que la troupe ne dépelotonne pas ses palabres et ses rires gras dans la cour voisine. Trois semaines que la voix de stentor du père de Freud ne traverse pas le mur pour venir figer sur place ton activité du moment. La chose ne t'a bien sûr pas échappé. Tu as pensé à une mutation en province (le reste de la famille suivrait plus tard. À la fin de l'année scolaire.) À une mission de l'autre côté de la rivière Massacre. T'as même envisagé un départ au combat. Contre ces rebelles qui ont débarqué, voilà plus d'une semaine, dans le nord du pays. Et engagé, paraît-il, des combats féroces contre les armées régulière et parallèle. Les conséquences pour vous autres enfants ? Un autre couvre-feu, sans décret, qui vous bombarde au lit encore plus tôt. Les adultes en parlent à mi-voix, après avoir jeté moult coups d'œil par-dessus leurs épaules. Tu imagines bien le lieutenant lancer ses troupes à la castagne. Sa voix dominer le bruit des armes, haranguant les tire-au-flanc et les chiffes molles. T'as tourné et retourné la question dans ta cabèche. Gambergé le possible et l'impossible. Et pendant tout ce temps, t'as marché à côté de tes pompes. Comment imaginer un instant qu'un type aussi baraqué puisse tomber malade ? C'est vrai, il a la tempe grisonnante. Mais ceci n'explique pas cela. De plus vieux croûtons traînent leur carcasse à longueur de journée dans le quartier. L'aïeule Lorvanna a mis une plombe à s'en aller. C'est le siècle qui, voyant qu'elle le piétinait trop et sans doute fatigué de lui faire la courte échelle, a fini par la lâcher. Jusqu'au bout, elle aura manié B12 avec une énergie toute juvénile. Bref, de ce côté-là, rien à craindre pour le père de Freud. Quoi alors ? À voir ton ami si cafardeux parfois, et si taiseux surtout sur l'absence inexpliquée de son paternel, tu décides de mener une enquête sur place.

Dans l'ensemble, votre territoire se cantonne aux cours des deux familles. À celles des proches voisins qui n'ont pas maille à partir avec Grannie. Et à la rue, lorsque vous avez réussi à échapper à la vigilance des grandes personnes. Mais sur un périmètre de la longueur d'un terrain de foot, ce qui vous permet de rappliquer au premier appel. Tu décides, à tes risques et périls, de l'élargir, le matin où tu entends Grannie demander par-dessus la haie des nouvelles de l'officier à sa femme. De fréquenter avec assiduité l'intérieur de la maison… Jusqu'à rencontrer le malade. Ce jour-là, tu profites d'une baisse d'attention de la garde pour ouvrir une brèche et te faufiler dans le couloir qui sépare la chambre d'enfants de celle des parents. Si jamais tu butes sur quelqu'un, tu feras semblant de chercher ton pote. Faut toujours avoir la réponse prête pour pas te faire prendre en défaut par les adultes. C'est à ce moment-là que la voix arrive. Feutrée. Un contraste net avec le tonnerre auquel tu étais habitué. Tu perds néanmoins tes moyens. Sens tes jambes se barrer sous ton corps. Ç'aurait été quelqu'un d'autre, tu aurais passé ton chemin sans t'arrêter. Feint de n'avoir pas entendu le filet de voix. Mais là, le risque est de taille. À sa guérison, il serait foutu de se rappeler avoir eu recours à ton aide et que tu la lui as refusée. T'as vraiment les jetons de te retrouver enfermé dans une chambre avec lui. Mais tu n'as pas le choix : il t'a vu et reconnu. T'es obligé d'obtempérer.

La pièce sombre répand une forte odeur de pharmacie. Au début, t'y vois que dalle. Peu à peu, tes yeux s'habituent à l'obscurité. L'officier est étendu dans le lit conjugal, le drap blanc remonté jusqu'au cou. Des fioles de toutes les tailles se donnent le coude sur une table de nuit. Le rebord d'une cuvette blanche, à moitié remplie d'eau, de sang et de crachats dépasse de dessous le grabat. Tu retiens ton souffle pour pas gerber. Le miroir de l'immense armoire en acajou te renvoie des images floues. L'homme, d'une immobilité cadavérique, n'a plus prononcé un mot à ton approche. Il a le front ceint d'une compresse d'où émanent des senteurs de feuilles vertes pilées. Une matière visqueuse, de l'huile de palma christi à en juger par la consistance, coule le long de ses joues. De l'index – le doigt est soulevé à grand-peine avant de retomber au garde-à-vous avec le poignet –, il t'indique un flacon. Tu t'en empares d'une main tremblotante. Sa tête pèse une tonne. En tout cas, plus que tes bras ne peuvent soulever. Grâce à un effort titanesque, tu réussis néanmoins à l'arracher à l'oreiller. Et à lui faire ingurgiter la quantité d'eau nécessaire pour faciliter la descente du médicament : un comprimé jaune et bleu, de la largeur de deux doigts d'adulte réunis. Il n'a même pas l'énergie pour te remercier, Dieu te le rendra, mon fils. Il a déjà le regard vitreux de quelqu'un qui n'appartient plus à ce monde de pleurs et de cris.

Sans tout piger de ce qui se passe sous tes yeux – enfin ! façon de parler, t'auras pas l'occasion de suivre les faits dans les détails ni avec la régularité souhaitée –, tu devines la gravité de la situation. Tes jambes en tremblent encore quand tu t'extrais de la chambre, puis de la maison. C'est à se demander comment tu t'y es pris pour sortir tant elles étaient coton. Les chocottes, quoi. D'ailleurs, tu t'es bien gardé d'en parler à qui que ce soit. De peur que ton acte téméraire n'arrive aux oreilles de la femme de l'officier avec laquelle tu as un contentieux depuis l'épisode du bras cassé de son fils. Elle n'aurait pas manqué de le signaler à Grannie pour le simple plaisir de la voir t'écorcher le croupion.

3
Le retour en Guinée

*

Le corps de Caroline. Toujours immobile, dans ce royal lit de vos ébats. Naviguant loin de tes peurs d'hier. De ton envie d'elle. Les jambes allongées et le buste adossé à la tête de lit, tu te laisses posséder par ces souvenirs lointains. Comme s'il était possible de les réhabiter. Pour réparer une injustice. Prendre sa petite revanche sur la vie. Comme si le vagabondage insatiable autour du monde ne les éloignait chaque jour davantage. Ne les reléguait dans un révolu du temps et des choses. Tes yeux voyagent des lumières de la ville en contrebas à la pénombre de la chambre. Au corps de Caroline où tu es, cette nuit, interdit de séjour. Comme les tambours du vodou te furent, autrefois, prohibés. Ce corps que tu tentes de dire hors de lui et malgré lui. Ce corps pareil au pays lointain. Tes yeux changent de territoire, passent de la lumière à l'ombre avec une égale acuité. Tes yeux hybrides. Tes yeux sur le corps de Caroline.

*

La trouille n'aura néanmoins pas entamé ta curiosité. Que Bernadette, la bonne de chez Freud, viendra, sans le vouloir, raviver. Tu la surprends ainsi un matin en train de ragoter à Iota que l'officier pète vraiment pas la forme. Qu'il n'en a plus pour longtemps. Ça l'étonnerait qu'il survive à la résurrection du Nazaréen. T'aurais voulu leur dire de consulter tante Lamercie. Qu'elle est d'emblée tout de bon. Ou bien d'emmener le père de ton pote chez Yatande ou à Lakou Souvnans. Là, ils trouveraient à coup sûr une médecine à même de le ramener parmi les vivants. Mais t'es sûr qu'elles iraient fayoter. Et t'en prendrais pour ton grade. Qu'est-ce que tu en sais, hein ? B12 ! Qu'est-ce que tu en sais ? Tu te contentes donc d'observer du plus près possible. Attentif à la manière dont on effectue le voyage en Guinée. Ça aussi, c'est un truc fortiche. Que de fois n'as-tu entendu dire de quelqu'un qu'a passé l'arme à gauche qu'il est retourné en Guinée ! La nuit du retour, les tambours chialeront sans décrocher. C'est pour, pour, pour accompagner la, la, la traversée, t'explique Fanfan. Ça se, se, se passe sous l'eau. Le bon, bon, bon ange du mort emploie sept jours et sept nuits à effectuer le retour. Bref, ta curiosité est au max de l'alerte. L'occasion te sera donnée trois jours tout juste après que tu as aidé l'officier à avaler le médoc.

Le voyage a lieu l'après-midi du mercredi de Quasimodo. Il vous tombe dessus, Freud et toi, en pleine opération d'autopsie d'un margouillat de trois fois la taille d'un anolis vert. Freud lui tient la tête et les pattes, tandis que tu officies avec sang-froid et doigté. Comme t'as vu un toubib le faire dans le film *Des roses blanches pour ma sœur noire*. Le ventre est fendu à l'aide d'un vieux couteau de cuisine, que vous avez eu soin d'effiler auparavant en frottant la lame contre une pierre plate mouillée de salive. Les viscères seront extraits, pour être remplacés par des haricots noirs chipés à la cuisine. Le corps de la bestiole palpite encore sous vos mains d'experts. Un monsieur que tu n'as jamais vu dans le coin s'amène pressé-pressé. Un chapeau haut de forme vissé sur la tête. La porte s'ouvre devant lui comme un portillon automatique. Il se glisse à l'intérieur du même pas leste. Son arrivée provoque un branle-bas indescriptible. Bernadette vient vous demander de vider les lieux, déguerpissez. Reprenant l'expression et le ton de voix de la mère de Freud lorsque celle-ci veut avoir une conversation entre grandes personnes. Hors de portée de vos oreilles d'enfants. Tout ce mystère, alors que vous vous trouvez dans la cour loin de leur histoire d'adultes, a le don d'éveiller tes soupçons. Tu laisses ton ami aussi sec. Feins de rentrer chez toi avant d'opérer un détour qui te ramène à l'arrière de la maison. T'y pénètres par la porte de la cuisine (Freud t'a appris le truc pour l'ouvrir sans bruit de l'extérieur). Te postes sous la table de la salle à manger, dont la porte débouche sur la chambre à coucher. Tu restes là sans bouger un cil. La trouille aux tripes. Mais les yeux parés à enregistrer le voyage.

Le monsieur à haut-de-forme se tient debout près du lit. Il allume au-dessus de la tête de l'officier une lampe munie d'un drôle de bec. La flamme se dresse et gardera cette position sans plus jamais se mouvoir. Le monsieur intime l'ordre à la mère de Freud et à Bernadette, qui gémissent sourdement, de se taire. Il sort alors un hochet et un scapulaire de la poche de son veston. Se met à marmonner des oraisons dont tu ne captes un traître mot. De toute façon, t'y comprendrais goutte. Sa voix se mêle au son du hochet qu'il agite d'une main distraite. Gronde en crescendo, pareil au bruit lointain puis de plus en plus rapproché de la charge des troupeaux de bisons dans les westerns. S'arrête net. Puis hèle par trois fois le nom vaillant du père de Freud. L'émotion du moment, ton cœur cavale à plus de cent à l'heure, t'empêchera de le retenir. L'homme se penche alors vers le malade, lui murmure quelque chose à l'oreille puis recule de trois pas. Le corps, soudain, est pris de soubresauts.

L'espace de quelques secondes, l'officier se redresse dans le lit, le buste raide. Avant de retomber et de retrouver sa rigidité cadavérique. Tu es pétrifié. Faut-il rester coi ? Ou prendre les jambes à ton cou, au risque de te faire attraper ? Ce coup-ci, c'est sûr, B12 suffirait pas. Tu transpires à grosses gouttes. Le monsieur se tourne vers les deux femmes. Un simple regard suffit pour leur signifier que le bon ange de l'officier est parti. S'est arraché à son corps pour le long voyage sous-marin jusqu'en Guinée. Bernadette et la mère de Freud poussent alors des cris si forts que tout le quartier accourt à la maison. Dans le tumulte qui suit, personne ne s'apercevra de ta présence. Le macchabée, lui, reste allongé dans le lit. Indifférent aux pleurs des uns et au va-et-vient des autres.

Le lendemain des funérailles, auxquelles Grannie, Fanfan et toi vous avez assisté même si elles ont été chantées chez les cathos, la veuve de l'officier se chargera de brûler les effets du disparu. Entassés au milieu de la cour en une espèce de bûcher. Son képi. Ses uniformes, dont un de gala. Ses vêtements. La canne dont il se servait pour marcher, les derniers jours où son port de statue a eu besoin d'un appui. Les objets qui lui appartenaient ou qu'il avait en partage avec son épouse. La mère de Freud, les yeux remplis de larmes, les arrose d'essence. Craque une allumette qu'elle jette en détournant la tête d'un geste théâtral. Le bras tendu vers le monticule en flammes. Comme le dernier lien entre elle et le défunt. Elle a toujours eu un côté dramatique. La fumée se perd un long moment entre les branches de l'amandier. Ressort par le sommet de l'arbre avant d'aller se mêler aux nuages. Tu mettras du temps à te débarrasser de cette période. C'est comme si trois jours auparavant, tu avais serré la mort dans tes bras. Et l'odeur t'en était restée collée à la peau.

Bien entendu, le quartier ne manque pas de jaser sur une disparition si précoce. Ce n'est pas Dieu normal. Un homme en pleine santé. En pleine possession de ses moyens. Sûr qu'il a été mangé par un de ses compagnons de beuverie. Jaloux de sa promotion récente. Le père de Freud a été fait capitaine quelque trois mois avant sa mort. Pour lui piquer sa femme, ragotent les plus effrontés. Et la veuve de l'officier explose de charme avec sa couleur de cacahuète grillée, ses lourds cheveux de jais qui n'ont même pas besoin de fer à repasser pour onduler à la perfection, ses doudounes protestant dans le soutif... Tous les gamins du quartier en pincent pour tant de générosité réunie en un seul corps féminin. Peu de temps après, en effet, la veuve du capitaine recevra ouvertement dans son salon un frère d'armes du défunt. Mais bon, elle a toujours été connue pour le grand sens de l'hospitalité de ses cuisses. Qui n'a pas vu, le dimanche, ses clins d'œil appuyés à tel officier plus jeune que le défunt ? Celui-ci, s'il faut en croire Bernadette, avait l'âge d'être son père. Qui n'a pas été au courant de ses absences prolongées les jours où le père de ton ami partait en mission ? C'est pourquoi il faut toujours s'assurer de ceux avec qui on lève le coude. Moi – c'est Faustin qui parle –, je bois qu'avec les anges. Manière de dire qu'il picole seul dans son coin. Tout juste s'il accepte de verser la libation rituelle aux esprits. Pour d'autres encore, les mystères se sont vengés. Ça faisait un bail que l'officier ne leur avait pas offert un manger. Aucun service. Rien. Il devait se croire à l'abri de leurs représailles. Les potins fuseront de partout et pendant longtemps. C'est Grannie qui finira par avoir le dernier mot. L'homme avait gagé sa vie, dira-t-elle à une « sœur » du temple. Pour elle, si t'as mangé des haricots, tu ne peux chier que des haricots. En d'autres termes, quand on a pactisé avec le diable, il faut s'attendre tôt ou tard à en payer le prix. Hum !

Le plus pénible dans cette histoire, c'est que tu pourras jamais la crier sur tous les toits. Raconter ce que t'as vu, de tes yeux vu, caché sous une table de cuisine. Suant la trouille à grosses gouttes. Personne te croirait. Le retour en Guinée est un truc balèze. D'après Fanfan, même les initiés les plus braves n'ont pas le droit d'y d'y d'y assister. Ça se passe entre le oun-oun-oungan, l'esprit maître-tête du macchabée et le macchabée lui-même. Parfois l'officiant, compatissant, y accepte des proches-proches du défunt, mais c'est rare. Alors, qui te croirait si tu disais que tu as suivi tout ça en première loge ? Toi, un innocent ! Il faudra donc trouver autre chose. Capable d'épater jusqu'aux plus téméraires. Jusqu'à Lord Harris, le collègue de Faustin, au flegme tout britannique. Qui appelle, de sa voix caverneuse, Grannie manman, alors qu'il pourrait être son mari. Quelque chose de fort. Mais quoi ? Plus les jours passent, plus tu y penses. Et plus tu fatigues à trouver le sommeil. Te retrouvant ainsi de plus en plus souvent en tête à tête avec les bruits de la nuit. C'est devenu, désormais, l'objectif de ta vie. Tu t'en remettrais pas si les vacances de Pâques prenaient fin sans que tu l'aies atteint.

4

Marasa

*

Le corps de Caroline. Là. Bien présent. Le corps de Caroline dans toute sa féminité d'ici et de là-bas. De là-bas surtout. Le corps de Caroline. Dont la chaleur et le souffle aéré rejoignent tes jambes sous les draps. Retressant avec elles un kongo complice. En dépit d'elle. En dépit du temps et des océans. Caroline Acaau, chante kongo, danse kongo. À en avoir mal au cœur. À en avoir mal aux tripes tous les deux. Mais jamais à la vie... Son corps à tes côtés. Et pourtant ailleurs, dans son sommeil. Comme si Caroline avait le pouvoir d'être ici et là-bas à la fois. Comme si, par moments, deux esprits habitaient la même chair. L'un qui t'est tout à fait familier. Ouvert à tes câlins. À tes mots de rives plus lointaines. L'autre qui persiste à t'échapper. Fermé dans son divin mystère. Comme maintenant, là. Où son sommeil, mer d'huile, est pris de convulsions légères. Tressaute. Moutonne. Avant de retrouver l'embellie. Incommensurable énigme, le corps de Caroline.

*

Tu es encore tout à tes recherches lorsque Caroline et Carolina emménagent dans le quartier. À peine débarquées, elles sont l'objet de toutes les attentions. Les voisins rivalisent d'empressement auprès d'elles. C'est à qui ira le premier au-devant de leurs désirs. En remettra la couche la plus épaisse. En un mot, vénérées telles princesses d'Égypte. Elles ont tout de même pas grandi avec vous. Reçu la dérouillée de tout ce que le quartier compte d'adultes pour avoir fait le zouave en pleine rue. Roulé dans la poussière. Joué au papa et à la maman. Au docteur aussi. C'est le meilleur moyen pour s'approcher de la sainte-vierge d'une fille. Tu commences par l'allonger par terre. Sous un lit. Ou une table, de préférence. L'espace est plus dégagé. Lui demandes de relever la robe jusqu'au cou. Puis de fermer les yeux. Histoire qu'elle voie pas venir le poutou mouillé. Le reste, la main sur les mandarines ou dans le cache-frifri, est question d'astuce. Mais passons, t'as plus l'âge de sonder en toute innocence. La dernière fois, ça t'a valu une raclée du tonnerre de Dieu. Administrée avec rage par ton' Hermann qui t'a chopé en train d'ausculter son aînée en plein midi. T'as toujours pas pigé pourquoi il t'a épluché les fesses avec une telle furie. La fille est moche comme la faim. Et a le souffle court et gros à concurrencer une vache.

Caroline et Carolina, en revanche, éclatent de beauté. O. K., le tableau de bord laisse à désirer. Mais elles compensent diablement par ailleurs. Menues. Des yeux marron clair. Tout en nuances et en espiègleries. Un sourire plutôt timide. L'air fragile et effarouché. L'impression d'être toujours sur le qui-vive. Prêtes à se barrer à la première alerte. Un peu à l'image des loups-garous à l'approche de l'aube. Et pourtant, vaut mieux pas les chercher. C'est du moins ce que raconte le quartier. Elles sont capables de t'amarrer les tripes trois jours durant. Te flanquer une de ces coliques qu'aucune tisane ne saurait dénouer. Ou, pire encore, une cagade des plus carabinées. Au point de te ramener à la couche-culotte à plus de cinquante balais. En fait, Caroline et Carolina sont jumelles. Marasa, pour tout dire. T'as beau te creuser la cervelle, tu vois pas d'où elles tiennent tout ce pouvoir. Elles n'ont pas six doigts à la main. D'autres jumeaux, si. T'en connais pas mal. Grâce aux auriculaires supplémentaires, ils peuvent te combiner des sévices abominables. Planter à distance un terrible ver dans le ventre de leur ennemi. Trichine que ça s'appelle. Ils te la fichent dedans même si tu laisses pas traîner de porc dans ton assiette. Et la bestiole qui se met à te bouffer les tripes en pleine classe. Au beau milieu d'un sermon. Jusqu'à ce que tu rampes aux pieds de tes bourreaux. Fasses amende honorable en public. Promettes de ne plus recommencer ton insolence.

 Tous les marasa ne sont pas aussi diaboliques. Rassurez-vous. Amos et Abdias, par exemple. Les deux jumeaux du temple, qui chantent *a cappella* et en canon. Selon les anciens, et ils s'y connaissent, rien qu'avec leur voix ils ont gagné bien des âmes rebelles et des cœurs égarés au grand dessein de Yahvé pour les chrétiens-vivants. Leur renommée a fait le tour du pays. Il y a deux ans, à l'occasion de la fête du drapeau, ils ont été invités à barytonner dans le nord du pays. Dans la cour de l'immense citadelle du roi Christophe, qui tutoie les nuages et tout. Plus encore que la Butte. Vous savez quoi ? La lourde barrière de fer de l'enceinte n'a pas accusé le coup. Fissurée de part en part. Même qu'on a dû la changer par la suite. Bref, une voix à défier en puissance les sept cors de Josué et le grand cri des enfants d'Israël. Ils auraient été là, sûr que la muraille de Jéricho n'aurait pas tenu sept jours. Il y a aussi Ruth et Léa. Qui jouent les anges, les bons, dans les fêtes du temple. Ruth surtout. Qui sautille tant et si léger qu'on dirait un moineau des îles. Ruth pour laquelle tu as des yeux doux énamourés. Eh bien, ces quatre-là, ils ont pas la haine pour une piastre. Malgré leurs douze doigts. Le temple entier les cajole. Les vénère comme s'ils étaient des envoyés spéciaux de Yahvé. Ils représentent autant de victoires sur les cathos et ceux qui battent tambour.

    Caroline et Carolina non plus n'ont pas l'air chipie. En dépit des rumeurs sur leur compte. Alimentées par les mochetés et les grenouilles de bénitier. Le dimanche, elles vont à la messe. Comme tous les gens normaux. Enfin, presque. Toi, t'y vas le samedi. C'est un délice que de les voir déambuler dans leurs robes roses. Identiques. Taillées sur mesure par la tante chez qui elles vivent. En attendant de partir rejoindre leur mère à New York. À les regarder traverser la vie sur des pas si menus, personne leur prêterait une quelconque connaissance. En tout cas, pas toi. Un innocent tout disposé à leur bailler le bon Dieu sans confession. D'autant que tu sembles avoir tapé dans l'œil de Caroline, la plus fragile et la moins rigolote des deux. Cela dit, si tu ne sais pas d'où les marasa ont dégoté leur pouvoir, leur nom, si. La légende, très répandue là-bas, veut que du temps de la colonie, un esclave fût mandé pour aller avertir le Blanc Caradeux que la maîtresse avait donné le jour à deux jumeaux. À l'annonce de la nouvelle, celui-ci ne put s'empêcher de lancer, fier : « C'est de ma race, ça. » L'esclave ne fit ni une ni deux et s'en retourna vers la grande case en hurlant : « Le Blanc a dit que c'est deux marasa. » Bien des années après, tu apprendras que ce mot vient du lingala *mapasa* qui signifie jumeau ; mais ça, c'est une autre histoire.

Pour le reste, c'est Fanfan qui viendra à ton secours. Non sans contrepartie, toutefois. Vu, vu, vu les risques. De quoi tu causes ? (Tu prends la tangente. Pour éviter de payer la taxe.) Tu, tu, tu sais bien que Grannie veut, veut, veut pas qu'on parle de ces choses. La curiosité est plus forte. T'acceptes de casquer. Le quart de ton assiette du midi. Fanfan feint, dans un premier temps, de se prêter au marché. Le pou-pou-pouvoir des marasa arrive de très très loin. De la Gui-Gui-Guinée. Et encore ? Tu brûles d'impatience. Mais le bégaiement de Fanfan se transforme en quasi-mutisme. Les mots ont encore plus de mal à sortir de sa bouche. Il grimace. T'as décodé le message. Va pour la moitié de l'assiette. Mais pas un grain de riz de plus. (Tout en l'écoutant, tu penses à la manière de ne pas payer ton dû.) Il a voyagé sept jours et sept nuits sous sous sous l'Atlantique avant d'échouer sur nos côtes. Tu cherches à prendre ton cousin en faute, ça ferait quelques cuillerées en moins. Sans respirer ? Il n'en a pas be-besoin. Tu contre-attaques. Même les baleines remontent respirer. Tu l'as étudié en sciences nat. Fanfan évite le tacle. Pas, pas, pas les marasa. Eux ont re-re-reçu tous les dons à la naissance. Le Bien comme le Mal. Il leur suffit d'un simple regard pour réduire quelqu'un au silence. L'écraser comme une punaise. En gé-gé-général, ils sont doux. C'est pas Ogou capable de ferrailler un mortel à la moindre noise. Ou encore Èzili qui te décoche des yeux rouges de hargne parce qu'elle s'est levée du mauvais pied. Les marasa sont plus malléables. Mais faut pas les pro-pro-provoquer. Voilà donc la raison pour laquelle le quartier bichonne autant les jumelles. Tu embrayes. Veux en savoir le plus possible pour ton argent. Enfin, pour ton riz. Et cet autre cousin qu'on appelle Marasa Granmoun, c'est parce qu'il existe un Marasa Timoun ? Un Marasa bébé ? Si tu me, me, me coupes autant, on en sera encore là demain.

Toutefois, le pouvoir des marasa, c'est du caca de coq, com-com-comparé à celui de leur cadet, le dosou. Drôle de gus, celui-là. Plus malfaisant aussi. À l'école, t'en connais un qui fait danser son oreille gauche sans bouger le petit doigt. Faut voir ça ! L'oreille se met à giguer dans tous les sens. Comme indépendante du reste du corps. Et lui qui te bigle de ses drôles d'yeux strabiques. Un rictus louche sur les lèvres. Bref, vaut mieux se tenir à carreau. Il s'en va sur le préau, poursuivi par une meute de lèche-bottes. Qui se battent pour lui refiler pâtés. Oranges toutes pelées (il manquerait plus qu'ils les lui pressent dans la bouche). Fresco. Cacahuètes. Qu'il dévore sans un « merci chien ». C'est signe d'éducation, non ? Pour moins que ça, Grannie te décoche un œil noir. À la deuxième occase, elle te balance une claque. À la tête, pas au visage. Chez vous, le visage est sacré. C'est le refuge de la dignité de l'homme. Une troisième bêtise ? Tu l'auras cherchée, la volée. Revenons à notre dosou et à sa clique de lèche-cul. Qui se tapent ses colles, au risque de se faire épingler par l'instit. Que, le trimestre dernier, il a cloué au lit soixante-dix-sept jours et soixante-dix-sept nuits pour l'avoir mis au piquet. En plus de lui avoir administré un zéro barré en math. Note qu'il collectionne pour peu qu'on l'éloigne de ses larbins. Sûr que ce jour-là, il était mal luné. Le pauvre maître en a fait les frais. D'ordinaire, son tarif ne dépasse pas la semaine.

Caroline et Carolina, elles, ne mangent pas de ce pain-là. Aux dires de Fanfan, elles ont couvert mis partout. Sauf chez vous. Grannie leur tient la dragée haute. La moindre gentillesse à leur égard, et le quartier crierait victoire. Pour le reste, elles gueuletonnent où bon leur semble. Paraît même qu'elles ont un appétit d'oiseau ! Et qu'en plus, la tante, qu'a un foutu caractère et est en bisbille avec la moitié de la rue, goûte pas trop tous ces ronds de jambe autour de ses nièces. Quel gâchis tout de même ! Là où il y a du pain, les dents font défaut. Et vice versa. T'imagines, à leur place, le massacre. Avec tant de couverts à ta disposition, tu te serais entraîné matin et soir. Sans prendre souffle. T'aurais honoré les tables les unes après les autres. Mieux, exigé tes plats préférés. Elles, non. Elles s'abstiennent de toute démonstration de force sur la place publique. Genre pas de vague. À moins, bien entendu, qu'on ne leur laisse pas le choix ! Que quelqu'un dépasse les bornes. Prenne leur gentillesse pour de la faiblesse. C'est ce qui finit par arriver. Un soir, au cours d'une partie de saut à la corde. Un jeu de gonzesses, quoi. À moins qu'on ne s'ennuie ferme… La sœur de Freud a le malheur de houspiller l'une d'elles. Injures et bourrades comprises. Les jumelles se retirent sans piper mot. Le soir même, l'aînée de Freud se retrouve au pieu. Délirant. Colite atroce et fièvre à 40°. Comme ça. Au pied levé. Tisane d'assorossi, aspirine Bayer, bain froid renforcé de feuilles vertes, oraison de francmaçon, *Petit* et *Grand Albert* ne réussiront pas à faire baisser la garde à la maladie subite. Aucun soulagement. Au contraire. Plus on essaye de traitements, plus son état empire. Elle ne recouvrera la santé qu'au bout de trois jours et trois nuits. Après le pèlerinage de la mère de Freud chez la tante des jumelles. Le lendemain de la visite, le mal s'en ira comme il était venu. Et Maguy gambadera tel un cabri bienheureux. À croire qu'elle n'a jamais été malade. Encore qu'elle l'a échappé belle. Ces trois jours de tranchées ont été un avertissement de rien du tout. Les marasa auraient pu lui amarrer les règles pour la vie. S'amuser à lui gober sa future progéniture. Tels des œufs de Danmbala… Mais Caroline et sa double ne t'auront distrait qu'un court instant – du moins, à ce stade de ta vie – de ton objectif immédiat.

5

Le songe

*

Le corps de Caroline. Pareil à un air ramené de l'enfance, qui s'accorderait mal au présent. À la nuit d'aujourd'hui. À cette nuit blanche de Harlem. Un air de la démesure. Un air en porte-à-faux du temps. Un air que, plus la nuit se fait profonde, il te vient de psalmodier, puis de jodler, de barytonner à pleine voix, à pleins poumons, à plein corps. Pour retrouver l'enfance sans ses tabous ni ses peurs. Un air qui se nie pourtant. Jusque dans son sommeil. Tantôt huile tantôt moutonne son refus. Te larguant, solitaire, dans ton rêve d'elle. Dans ton envie d'elle plus forte que jamais cette nuit. Dans l'envie de son corps dont l'accès t'est interdit. Tour à tour promis et nié. Si proche et si lointain. Pourtant.

*

Outre le manger-les-anges et les esprits qui se mettent à poil, ce qui te branche le plus dans le vodou, c'est la musique. Chants, danses qui, si on n'y prend garde, peuvent entraîner l'oreille, les reins et le corps dans son entier jusqu'en Guinée. Tu serais pas foutu, toutefois, de dire quel pied il faut lever le premier pour danser vodou. Dérouler un yanvalou dos bas, un dahomey-debout, un kongo. Fouler le mahi. Reproduire la dégaine de l'araignée ou un banda saccadé en l'honneur de Grann Brigitte ou de tout autre membre de la fratrie des Gede. Les chansons, c'est autre chose. Il t'arrive d'en fredonner telle ou telle sans savoir qu'elle est vodou. Souvent, tu ignores même où tu l'as pêchée. Un air cueilli ici ou là. Sur les lèvres d'un passant. Dans le voisinage. À la radio. Porté par le vent. Le vent, justement, auquel toute une chanson est consacrée. Et ce n'est que justice. Comment ferait-on sinon avec les cerfs-volants ? Il n'y a rien de plus triste qu'un cerf-volant qui fait bec à terre. Pareil à un oiseau aux ailes cassées. Poursuivi par les coups de patte humiliants d'un matou. Qui le change en dérisoire objet d'agrément, en vulgaire passe-temps au lieu d'en faire matière à caler son estomac. Et te voilà obligé de dépenser la matinée à courir avec la bête dans le dos. À la recherche d'une brise qui la ferait décoller. Gagner le vaste ciel. Où tu lui enverrais des billets sucrés, bien calé contre le tronc d'un arbre. Tu passes au contraire la matinée ou l'après-midi à cavaler comme un cabri. Au risque de t'éclater la rate. De buter contre une souche et de t'écraser la tronche. À force de jouer des gambettes la tête dans le dos pour voir si l'animal a pris son envol. Puis fatigué, tu t'installes sous un flamboyant pour parer le soleil. Le cerf-volant à tes côtés. Triste. Inutile. Alors, l'air t'échappe des lèvres comme malgré toi. Un air pour amadouer le vent. Pour le ramener de ses drives lointaines. Et donner des ailes de phalène au cerf-volant.

> *Papa Loko ou se van*
> *Pote m ale*
> *Ou se papiyon*
> *W a pote nouvèl bay Agwe* [1]

Un air que tu traînes sans le vouloir à la maison. Et Grannie, rouge tomate, de te demander où

---

[1]. Chanson à fredonner lorsque ton cerf-volant bat de l'aile. Qu'il refuse de décoller, tel un âne de Balaam. Alors tu hèles l'esprit du vent. Papa Loko qu'il se nomme. Tu le cajoles avec cette chanson. Jusqu'à ce qu'il secoue sa fainéantise, se lève enfin et emporte le cerf-volant dans les nuages.

diantre t'as été ramasser cette chanson du diable. Tu arrêtes aussi sec si tu ne veux pas qu'elle te ventile les fesses. Qu'elle ne t'y reprenne plus ! Sans le vouloir, pourtant, c'est toujours Grannie qui te met sur la piste. Alors que t'es à mille lieues d'y penser. T'ordonne d'éteindre la radio, à l'écoute d'une musique où le cuir vrombit trop. Roucoule. Explose en fourmillements déments dans tes veines. Dans les reins surtout. Qui te démangent. Se mettent en mouvement automatique, comme l'on dit du pilotage. Sans que tu puisses les bloquer un seul instant. C'est plus fort que toi. Tes reins zombies de la musique du tambour, sans volonté propre. Tes reins défiant, à leur corps défendant, l'interdit. À la longue, tu auras développé tout un art du déhanchement sur place. En sourdine. Sans attirer l'attention de Grannie. Qui s'amène tout de même, l'invective dégainée. Avec ces choses, elle a la colère facile, Grannie. Qu'est-ce que c'est que ces stations qui programment n'importe quoi à n'importe quelle heure ? Il n'y a plus de salut pour les gosses dans ce pays. Où sont les bonnes émissions éducatives ? Les chants religieux qui transportent l'âme ? Les chansonnettes françaises ? Mireille Mathieu, Nana Mouskouri, Sylvie Vartan... Où est la bonne musique classique ? Bref, elle qui, à tant musiquer sur une note perso, te jette dans la danse collective. Enfin, façon de parler. Tu n'as toujours pas accompli ce truc qui te rendrait plus verni aux yeux des autres.

Pour tout dire, par moments, tu es à la limite de l'abandon. Marre de te creuser les méninges. De te battre les flancs soir et matin. Sans succès. Marre que le fait de chercher si fort – à croire que tu y joues ta vie ! – t'enlève le sommeil. Ne te laisse dormir, la nuit venue, que par intermittence. Te livrant du même coup à la merci de la nuit et de ses rumeurs malsaines. Te transformant, le jour, en amateur assidu de la ronflette soudaine. Comme piqué par une mouche tsé-tsé, et dans les endroits les plus inattendus : un coin de table, le muret de la galerie, une chaise de paille défoncée, dans la courette, adossée au mur... L'un de ces assoupissements en plein jour est ainsi venu te plonger dans un songe si profond que tu en ressors, réveillé par Fanfan et Freud réunis, abasourdi. Tu envoies paître ton cousin, ton pote et la partie de foot proposée. Ton esprit, encore soûlé de sieste, en est tout à son rêve. Au souvenir, l'un des plus beaux de ta vie, que tu y as retrouvé et auquel il ressemble trait pour trait.

Ce souvenir, tu le dois à ton' Rodolphe, l'aîné de ton' Wilson. Cela remonte à la saison carnavalesque. En principe, la famille ne prend point part à ces festivités païennes. Grannie dixit. De débauche, de sueur et de sang sale. Aussi, pendant les jours gras, t'expédie-t-elle chez une amie ou un lointain parent en province. Cette année, toutefois, faute de sous, tu es resté à Port-aux-Crasses. Il n'est pas question de t'envoyer les mains vides chez les gens. Sans un petit cadeau pour les uns et pour les autres. Les gens d'en dehors, quoique généreux, sont sensibles à ces marques de convivialité. Résultat des courses, tu es resté à la maison. Barricadée, pour la circonstance, telle la forteresse de Sion. La brèche sera ouverte par ton' Rodolphe. Du jamais vu dans les annales familiales ! Faut dire que Grannie a un gros faible pour ce neveu. Entre lui et ton' Wilson, son cœur balance telle la marée. Mais ça, c'est une autre histoire. En fait, ce n'est pas que ton' Rodolphe ait tenu crânement tête à sa tante. Comme ça. À la lumière du jour. Au vu et au su de tous, qui s'empresseraient de clamer que la superbe de Grannie a pris du plomb dans l'aile. Ses coreligionnaires, eux, de juger qu'elle a cédé le pas au prince des ténèbres. À ses pompes et à ses fastes. Loin de là ! Il a plus d'un tour dans son sac, ton' Rodolphe. Il sait bien qu'il ne faut jamais affronter une vague de plein fouet. Mais la contourner. La prendre de profil. Comme pour le laisser-frapper au carnaval. Tu coules. Dodines. Avances de biais. Sinon tu récoltes une savate en pleine poitrine. Et avec ça, une de ces blesses synonyme de bandage de plus de deux semaines autour du thorax. C'est ce que ton' Rodolphe a fait. Avec la complicité de ton' Antonio, saint patron des causes perdues. Qui ne trouve pas Dieu normal que l'enfant grandisse dans le pays dans l'ignorance du carnaval. Avec la complicité aussi de son camion à bascule. Qui lui sert pour donner le change. Laisser croire qu'il t'emmène à Rivière Froide. Ou sur sa propriété à la Plaine, avec d'autres gamins du quartier, vous empiffrer de mangues et de canne à sucre à vous exploser les boyaux.

Une fois l'accord arraché, le reste est jeu d'enfant. Le pacte de silence – Grannie n'est tout de même pas née de la dernière pluie. Le Champ-de-Mars sous le soleil du milieu d'après-midi. La bonne place pour garer le camion. Les mille paillettes du défilé carnavalesque qui se pointera une plombe plus tard. Et c'est là, dans un des groupes préposés au réchauffement de l'atmosphère avant l'arrivée des gros chars, que tes yeux tombent sur Ti-Comique, le tambourineur du péristyle d'Edgar aîné des nombreux fils naturels du oungan. Le tambour en bandoulière, Ti-Comique tape les yeux fermés sur son instrument. Tout en dansant. Tout en se déplaçant, les pieds vissés au sol. Emporté par sa musique. Emporté par la foule. Ti-Comique, en sueur, joue. Ti-Comique est un tambourier chien enragé. Il tape encore et encore sur son énorme tambour. La sueur lui baigne le visage. Lui coule sur la poitrine. Inonde son débardeur rouge sang de taureau à peine égorgé. Ti-Comique fait gronder son instrument. Qui râle, au milieu des mille sons du carnaval, un langage interdit. Que chacun de tes sens interprète avec une facilité de toujours. Qui n'étonnerait que Grannie et ceux du temple. Tu ne peux pas t'empêcher de le héler parmi la foule. De lui dire tape plus fort, Ti-Comique. Tape encore. Jusqu'à la dernière goutte de ton énergie, tape. Jusqu'à la dernière pulsation de tes veines. L'espace du défilé, le natif de la cour Daré, cette agglomération dont les bicoques s'appuient les unes sur les autres pour ne pas s'effondrer, celui que toutes les familles bien-pensantes du quartier prennent pour un malandrin, le fils de Darélia et d'Edgar, se transforme en roi. Roi du tambour. Joue, *King of the bongo*. Joue pour moi, *Mr Tambourine man*. Neutralise en moi le virus de l'innocence. Et tandis que Ti-Comique tape de toute sa rage de vagabond, peut-être a-t-il entendu ton appel parmi les mille voix du carnaval, tu te déhanches comme piqué par une escouade entière de fourmis rouges à grosse tête. Tu te déhanches à être en nage toi aussi. Tu te déhanches pour tous les interdits des jours, des semaines, des mois passés. Oubliant pour une fois les gourmandises dont les autres enfants, à côté de toi, font bombance. Jusqu'à la nuit tombée. Jusqu'à ce que ton' Rodolphe te ramène chez lui. Dans sa grande maison à chambres hautes, à la Plaine. Pour dormir d'un sommeil écrasé de fatigue et de bonheur. Des chants et des pas de danse plein la tête...

C'est cette nuit-là que la couleuvre vous a chié dessus, Fanfan et toi. Elle était réfugiée dans les travées du faîtage, en quête sans doute d'un peu de fraîcheur. On avait beau être en février, il faisait une chaleur d'enfer. La couleuvre a alors rampé lourdement, enfin tu imagines, vu sa taille quand la maisonnée l'a repérée à la lueur d'un morceau de bois résineux, car il n'y avait pas d'électricité. Bref, elle a traîné sa carcasse pour aller déféquer aussi dans la chambre d'à côté, celle de tante Frida et de ton' Rodolphe qui s'est réveillé là même. Il a tout de suite compris qu'il se passait quelque chose de pas catholique. Mais en se levant, il a glissé sur le caca de la couleuvre et sa tête est partie se cogner contre le rebord du lit. Il a commencé à débiter des jurons de sa voix caverneuse qui ressemble à s'y méprendre à celle de Lord Harris, le cireur de chaussures. Ses imprécations auront achevé de vous ranimer, Fanfan et toi, car vous étiez momifiés par la trouille. En un clin d'œil, toute la maisonnée est debout. Ton' Rodolphe craque une allumette, attrape, près de la tête de lit, le bout de bois de résine qui s'embrase sans difficulté, éclairant la chambre. Il ne faut pas beaucoup de temps pour apercevoir la bestiole allongée avec nonchalance le long d'une travée. Immense ! En largeur, elle doit faire la taille de ta cuisse. Malgré le ramdam alentour, elle ne daigne même pas vous jeter un coup d'œil. Ton' Rodolphe demande à tout un chacun de regagner son lit avant d'éteindre le bois de pin. Alors que tu t'attendais à ce qu'il la tue ou la chasse à tout le moins. C'est comme s'il fallait ne pas déranger la bête. La pétoche vous a tenus éveillés, Fanfan et toi, tout le reste de la nuit. Au lever du jour, la bête avait disparu. C'était Dan-Dan-Danbala, dira Fanfan. Il était ve-ve-venu porter un message important à ton' Rodolphe. Sinon il ne se serait pas déplacé en per-per-personne. Une simple communication en rêve aurait suffi...

C'est en pensant à ce souvenir lointain de deux mois, après le rêve de cet après-midi de l'éternel été caraïbe, que l'idée a bourgeonné dans ton esprit. Tu te dis : Ça y est ! Tu le tiens, ton geste téméraire. Tu as bien fait d'envoyer balader Fanfan et Freud. Ça t'a permis de réfléchir peinard. Tu le tiens donc, ton acte criminel. Le quartier va entendre parler de toi. Ils vont voir ce qu'ils vont voir. Innocent, non mais !

6
L'instrument maudit

*

Le corps de Caroline. Tel un instrument défendu. L'envie d'en jouer jusqu'au bout du jour. Mais tu ne sais pas en déchiffrer, cette nuit, la portée. Il s'harmonise mal à l'invite de tes doigts. Chaque fois que tu crois en saisir la musique, il s'échappe. Mêle les fausses notes aux accords parfaits. Mélange illusion et désillusion. Comme dans ces danses folkloriques où l'on voit la femme offrir sa croupe à l'homme avant de se retirer à son approche. Le sommeil de Caroline joue maintenant sur les mêmes notes. Alterne le grave et l'aigu. Le calme et la tempête. Blues et free jazz. Harmonique et dysharmonique. Sans se décider sur une mélodie donnée. Combien tu aimerais en jouer pourtant. Comme d'un accordéon champêtre. Mieux, un tambour. Un tambour pour les anges. Tes doigts au contact de la peau sèche. Tendue. Que tu aurais huilée de ton souffle. De tes halètements. De ta sueur. De ta fantaisie. La peau aurait grincé. Ronflé sous tes mains. La peau de Caroline.

*

En vérité, le tambour t'a toujours fasciné. L'idée qu'on peut tirer des sons aussi endiablés d'une simple peau de cabri, grattée, séchée puis tendue sur un tronc creux reste un mystère pour toi. Un mystère à géométrie variable. Suivant qu'il se révèle de jour ou de nuit. De nuit, c'est clair, la pétoche prime. Carabinée. Ces sons sortis de nulle part qui envahissent ton sommeil. Te remuent le cerveau tel un *milk-shake*. Des sons si invitants. Qui, à les écouter, te feraient enjamber la fenêtre pour aller les rejoindre. Entrer dans la ronde la chemise par-dessus la tête. Mais tu n'es pas dupe. À ton âge, tu connais les trucs des loups-garous. Ils sont malins. Ils jouent sur la corde sensible. Attirent l'imprudent dans leurs rets. Et là, zap ! font main basse sur sa hardiesse. Le convertissent en cabri à deux pattes. Puis sucent son sang jusqu'à l'ultime goutte. Avant de larguer le cadavre-corps sur l'asphalte. Desséché comme une tige de canne à sucre passée par les mâchoires d'un porc. Dans l'intervalle, le tambour aura continué à rugir sa bacchanale d'enfer. Personne n'aura entendu tes appels au secours. Si jamais, bien sûr, ces suppôts de Satan t'avaient laissé le temps de dire krik ! Et lors même que quelqu'un aurait entendu tes cris, aurait-il été assez téméraire pour laisser son lit, sortir braver une horde de sans-poil à lui tout seul et t'arracher de leurs griffes ? C'est pourquoi tu préfères le tambour à la lumière du soleil. Quand on peut voir le batteur en chair et en os, flanc contre flanc avec l'instrument. Parfois le chevauchant. Que tu t'es assuré qu'il s'agit d'un chrétien tout de bon. Il y a des secrets à gogo pour ça. Suffit de connaître. Par exemple, si tu récites un passage de la Bible devant un présumé loup-garou et que la personne ne se met pas à gigoter comme si un ténia long d'une bonne dizaine de mètres était en train de lui ronger les tripes, c'est bon signe. Alors là, tu peux te déhancher à en perdre l'âme.

Sacré outil ! Pourtant à le voir appuyé là, dans un coin du péristyle d'Edgar, l'air innocent, tu hésites à croire Grannie lorsqu'elle dit, péremptoire, que le tambour reste l'instrument du diable. De nuit, sous le soleil et en toutes occasions. De même les trémoussements qui l'accompagnent sont inspirés du démon. Tu le combles de visites aussi clandestines que distantes depuis quelque temps. Depuis ton drôle de songe du milieu d'après-midi pour tout dire. Tu le courtises de loin en loin. Le couves du regard. Mine de rien. Personne pourra deviner ainsi que tes yeux doux lui sont destinés. Parfois, passe un des membres de l'innombrable nichée d'Edgar avec lequel tu joues en cachette de Grannie, car il t'est interdit de fréquenter ces petits-perdition. Il le frôle du bout du doigt. Juste une caresse. L'instrument émet alors un son sec. Tèk. Une goutte d'eau qui atterrit au fond d'un ustensile en aluminium. Plusieurs coups de suite. Tèktègèdèk. Un autre plus expérimenté réunit le majeur au pouce et à l'index. Le fait glisser de manière bien appuyée sur la peau en partant du rebord pour s'arrêter au centre. Le cuir vrombit un long écho sourd dans l'air. Drôle de son, celui-là. Faut être vachement balèze pour arriver à l'extraire des entrailles du tambour. À force de visites à la dérobée, tu auras même vu une fille mesurer ses doigts à la peau de l'instrument ! Or t'as jamais entendu Fanfan ni qui que ce soit dire que les femmes pouvaient battre tambour. Elles dansent, ça oui. Essuient le front du musicien. Lui apportent du rhum pour apaiser sa soif. Mais c'est tout.

Moult interrogations plus tard, et l'image de Ti-Comique en sueur, confondue dans ton souvenir et dans ton rêve du mitan de l'après-midi, Ti-Comique tapant tel un forcené sur son instrument, tu finis par prendre ton courage à deux mains. Fais voir que tu es brave. (C'est le diable qui te parle à l'oreille.) Montre-leur que tu es un petit polisson. Le roi des téméraires. L'heure propice, tu la connais. Tu as bien calculé ton coup. Tout le monde doit avoir déjeuné maintenant. Qui est retourné au travail. Qui tutoie son oreiller. Tu te faufiles à l'intérieur du péristyle, une espèce de grande case sans paroi, avec un toit de branchage en icône. Il est situé en arrière-plan par rapport aux rues principales du quartier. Sur un ancien terrain vague qui s'est rempli, petit à petit, de constructions improvisées. Qui se soutiennent les unes les autres pour ne pas s'affaler, à la sauve-qui-peut... Tes jambes flageolent. Ton cœur pile un mahi du tonnerre de Dieu. À force, il va te sortir par la bouche, palpiter son affolement là à tes pieds. Mais tu te dis qu'il faut y aller. Si tu tombes sur un adulte, ta réponse est prête : tu cherches Ti-Dady pour jouer aux billes. La même que lorsque tu as bravé la frousse et l'interdit des adultes pour assister au retour en Guinée du père de Freud. Et tu y vas. D'un pas porté, une fois la décision prise, par des jambes plus fermes.

La chance est avec toi. Personne en vue. Il y a des jours comme ça. Où tout ce que l'on touche se transforme en or. Le péristyle est vide. Hormis, allongé par terre, le petit tambour que tu aperçois d'ordinaire de l'extérieur. Quand tes drives, à l'insu de Grannie, t'amènent au cœur de ce quartier dans le quartier. Puis un autre. Un manman-tambour, celui-là. Debout. Des cornes lui sortent de la tête. Il doit faire au moins deux fois ta hauteur. Tu es pourtant une vraie gaule pour ton âge. Raison pour laquelle les autres veulent toujours te mettre goal au foot. Mais tu refuses à chaque fois, quitte à être expulsé de l'équipe. C'est tellement plus top d'en planter que d'en ramasser, des goals ! Malgré la peur, tu prends le temps de tourner autour du monstre. Les billes exorbitées. Il a d'étranges sculptures incisées sur le corps. Tu le caresses du regard, puis de la paume. Des deux mains bientôt. Que tu enlèves là même. Le tronc dégage comme une décharge électrique. Tu y reviens pourtant. Tu ne seras pas entré pour des cacahuètes tout de même. Encore que les cacahuètes, c'est pas donné. Elles te reviennent, au bout du compte, la peau des fesses à force, pour les marchandes, d'ajouter de la cire au fond des mesurettes. Tu poursuis l'attouchement. Appuies un peu plus. Là, ça se passe mieux. Une chaleur plus douce inonde petit à petit tes phalanges. Mis en confiance – à moitié, faut pas exagérer –, tu colles l'oreille au tronc. De façon prolongée. Comme s'il allait en sortir tu ne sais quel son enchanteur venu des racines de l'arbre d'où le tronc a été taillé. Du ventre de la terre. Tu rapproches tes fesses restées à l'arrière, au cas où il aurait fallu opérer une retraite éclair. Oses le corps à corps. Le contact est maintenant total. Tu embrasses l'instrument des quatre membres. Fais un seul avec le tronc. C'est celui-là qu'il te faut. Tu ne saurais dire pourquoi. Tu le sens d'instinct. Peut-être à cause de sa taille. Qui le met à la hauteur de ton défi. Par bonheur, il se trouve juste devant le rond-point en ciment placé au mitan du péristyle. Tu te hisses dessus. Tes doigts effleurent de nouveau le flanc, puis le rebord. Tu te hausses sur la pointe des pieds. Rien à faire. Tu redescends. Le cales bien contre le muret. Saisis une chaise basse empaillée à neuf qui traîne dans les parages. La déposes sur le rond-point. Sautes à ton tour. Le temps de trouver l'équilibre. Et là, tout baigne.

Un bon batteur, dit-on sur le bord des quais, peut se faire entendre jusqu'au-delà des océans. Établir un dialogue profond avec ceux de la Martinique. De Cuba. De la Louisiane. Du Brésil. De la Jamaïque. Du Congo. Même de la Guinée. Il suffit de frapper. Et la Guadeloupe, du fond de ses Abymes, répondra. Pak. Pitakpitak. Pak. Pitakpitak. Pak. Pitakpitak. Pak. L'image de Ti-Comique te repasse devant les yeux une dernière fois. Ils veulent t'entendre ? Ils vont en avoir pour leur argent. Sans préambule aucun, tu te mets à taper. Pim. Pitim. Pitim. De toute ta soif d'exclu. Tu tapes à en perdre ton bon ange. Pitim. Les sons éclatent sous la voûte du péristyle. Pénètrent les bicoques alentour. Puis une à une toutes les maisons du quartier. Pitim. Pitim. Pim, Pitim, Bow ! Une horde d'adultes accoure. Tentent en vain de t'arracher du tambour auquel tu t'agrippes des quatre fers. De toutes tes forces d'innocent pas verni. Ils s'y prennent à plusieurs. Vocifèrent lâche ça, mais lâche, nom de Dieu ! Dans la mêlée, tu tombes à la renverse, encore enlacé à l'objet de ton défi. Les larmes arrivent en même temps. Non de douleur, mais de rage. Débordent une Artibonite en crue. Toute cette cohorte liguée contre toi finit par prendre le dessus. Avant d'aller te livrer pieds et poings liés à Grannie.

T'imagines déjà B12 à l'œuvre. Aïe ! Mauvais moment. Il ne faut jamais recevoir une raclée sous la chaleur. Tu transpires davantage. Et le cuir du martinet, ramolli par la sueur, fait doublement mal. Comme si on t'écorchait vivant. Ou qu'on t'arrachait un à un les ongles à l'aide d'une tenaille. Mais à peine tes bourreaux ont-ils le dos tourné que Grannie te maintient à genoux de force. T'impose sur la tête la Bible. Qu'elle retient d'une main tout aussi ferme. Elle a les yeux paniqués. Entame une prière interminable qu'elle ne conclura qu'à la tombée de la nuit, avec la déclamation du Psaume 22. Plus tard, quand la rosée de sept matinées et les brumes d'autant de nuits se seront entrelacées, Fanfan t'expliquera que Grannie vou-vou-voulait ainsi te pro-pro-protéger de la malédiction des anges pour les avoir réveillés en plein mi-mi-midi. Sans nulle raison.

7

La douche

*

Le corps agité de Caroline. De plus en plus agité. Où il t'est défendu, cette nuit, de larguer ta fantaisie. Le corps de Caroline, qui te laisse en haute mer. Dans le moutonnement de l'enfance, lointaine désormais. Au milieu de la mémoire peuplée des rumeurs de l'interdit. Et ton envie d'elle, là, devant ce corps à te faire pécher sans rémission. Les deux brodant leur duel muet dans la nuit de Harlem. Dans l'écho de tes souvenirs en quête de terreau où s'enraciner. Comme si l'amont et l'aval d'un fleuve pouvaient se rejoindre. Comme si le jour et la nuit, les lumières de la nuit et les ombres de ces jours de début de novembre, étaient un seul et même instant d'éternité. Mais le corps mouvant de Caroline. Pareil à l'utérus de la femme éjectant le sexe de l'homme dans la contraction de l'orgasme. Le corps de Caroline conscient, même dans le sommeil, de ton regard sur elle. L'appelant de tout son être, mais le niant. Tout à la fois s'en nourrissant et s'en défaisant. Le corps interdit de Caroline.

*

L'après-midi même de ton acte vaillant, tout le voisinage est déjà au courant. Non mais, qu'est-ce qui lui a pris ? Le soleil lui a tapé sur la caboche ou quoi ? Un garçon si sage. Qu'on n'entend jamais lancer un seul juron. Qui n'a jamais redoublé une classe. Un exemple pour tout le quartier. C'était évident qu'à force de mener le train de cette vieille folle, il aurait fini par dérailler lui aussi. A-t-on déjà vu une femme rester tout ce temps sans prendre homme ? Son abstinence lui sera montée à la tête. Même si à son âge... Vous n'avez rien compris. La vérité est qu'on ne peut pas tricher longtemps avec ses racines. La maison à la toiture trouée peut tromper le soleil, mais pas la pluie... Les explications fuseront ainsi jusqu'à la nuit noire. Tantôt aigres tantôt douces, en fonction des affinités ou non de l'intervenant avec Grannie. De tout ça, tu n'en auras vent qu'une semaine après. Lorsque, enfin, Grannie te permettra une petite drive hors de la galerie, puis de la cour. Avec pour limite la clôture de ton' Michel et de tante Odette. Et le couvre-feu à l'angélus : le hurlement de la sirène annonçant la sortie pour les ouvriers de l'usine sucrière.

Une semaine de face-à-face tendu. Comme dans le fameux duel de *Pile je te tue, face tu es mort... on m'appelle Allelujah*. Où l'on voit les deux cow-boys se défier d'un regard plus parlant que leurs gâchettes. Mais là, on se tient carrément sur le fil du rasoir. De ton côté, l'envie de partir te mêler aux clameurs de la rue. Et d'éviter ainsi que le sabre d'Ogou, suspendu soir et matin au-dessus de ta tête, finisse par tomber et te fende le crâne. Dans l'intervalle, tu feins de te plonger dans la lecture du *Livre de l'Exode*. Que tu psalmodies à haute et intelligible voix au passage de Grannie. « Si vous obéissez strictement à ma voix et [si vous] gardez vraiment mon alliance... » Tu fais donc semblant de grimper au sommet du Sinaï avec Moïse. L'unique parade plausible. À la vérité, tu joues tout seul à deviner un rire, une exclamation du dehors. Imagines une virile partie de foot. De main chaude. De soldat marron... Du côté de Grannie, le désir ardent de te tanner le cuir. De donner un peu d'exercice à B12, en manque grave depuis plusieurs jours. Au point que ses branches commencent à se ratatiner. Ça la démange telle une méchante grattelle. Ça se voit dans ses yeux. Dans les regards appuyés qu'elle te jette. En quête d'une réaction de ta part. D'un geste mal placé. Un mot prononcé un ton plus haut que l'autre. La moindre gaffe, et tu la paies cash. En même temps, on y lit de la panique. Car ta ti' Grannie chérie – c'est le nom que tu lui donnes quand t'as nécessité de l'embobiner –, tu la connais sur le bout des doigts. L'envie la tarauderait tout de bon de te caresser la peau des fesses, elle n'aurait pas besoin de prétexte. Tu as pour sûr commis quelque bêtise dans le passé. Sinon, elle peut toujours te chicoter l'arrière-train en guise de prévention. Pour éviter que tu en commettes d'autres. Une bonne volée de temps en temps, c'est comme l'huile de foie de morue du matin. C'est dur à avaler, mais ça empêche les mauvais germes de prendre racine.

Tu ne retrouveras la liberté que le dimanche après le sabbat. Sans avoir perdu un poil. Tu y tiens. C'est ta petite fierté. Entre-temps, le temple entier aura prié en chœur avec Grannie. T'aura lavé corps et âme du péché de battre tambour. Il a fallu pour cela l'intervention de l'ancien le plus ferré sur la parole sainte pour brasser un bain de psaumes et de versets capable de remembrer un taureau. Ramener la brebis égarée dans son pâturage. Ils t'y ont maintenu plongé toute la journée de sabbat. Du lever au coucher du soleil. Sans rien, qui pis est, te donner à bouffer. Même avec le ventre creux, tu sortiras du temple blindé. Pareil à un chasseur de la Seconde Guerre mondiale. Les dents des mystères se casseront et leurs mains se sécheront comme celles de Jéroboam s'ils tentent de s'approcher ne serait-ce qu'un de tes cils. Malheur à qui touche à la prunelle d'un fils de Yahvé !

Ainsi donc, le jour de gloire est enfin arrivé. Mais il te faut de nouveau patienter. Attendre que les copains rentrent de la messe. De chez ce prêtre, incapable, selon Grannie – elle en a aussi après les cathos –, de respecter la parole donnée. Vœu de chasteté, mon œil ! Il a une tapée d'héritiers disséminés dans les quatre coins du pays. Dans chaque ville. Dans chaque section rurale. Incapable d'aller dire une messe quelque part sans assouvir son penchant pour les poulettes... Pire qu'un oungan. Car les oungan, ça se sait, n'ont aucun contrôle sur leur affaire. Ils la laissent traîner n'importe où. Même dans des endroits interdits par l'Écriture. Résultat, un bataillon de sujets qui viennent grossir la horde du diable. Si jamais je te prends à fricoter avec ces petits-perdition...

Tenons-nous-en, pour faire court, à ce fameux dimanche. Ce n'est pas encore l'heure du déjeuner. Il reste assez de temps pour aller savourer ta victoire. Tu t'apprêtes cependant à franchir la barrière de la cour avec une certaine appréhension. Tu es quelqu'un de réservé. Entre les foules et toi, on ne peut pas dire que ce soit l'amour fou. T'imagines déjà tout ce monde, grands et petits, pour t'accueillir. Te porter en triomphe, quitte à en découdre après avec Grannie. Te donner le baptême de la criminalité commune. Il est des nôôôtres. Les plus excentriques te jetteront en l'air. À défaut de t'inviter à jeter de l'eau. Tu te la joueras modeste pour éviter trop d'effusion. Tu ramasses donc ton courage. Et tu sors. Le silence. Deux copains te pressent d'aller cueillir des figues de barbarie de l'autre côté de la ravine. Avec un peu de chance, vous pourrez faire quelques coups de fronde. Descendre un ortolan. Voire une tourterelle. Tu ne peux même pas en profiter. Ta drive est limitée. Tu les regardes. Dans l'attente des compliments. De l'éloge, qui ne manquera pas d'arriver. Ils veulent juste te faire tourner en bourrique. Que ce soit toi à leur rappeler ton forfait d'arme. Eux te féliciteront après coup. Un peu de modestie, ti-messieurs, voyons ! On ne peut pas se mettre à applaudir son propre show. Être le tambourineur et le danseur à la fois. Mais rien ne vient. Ni ne viendra de toute la journée. Aucune louange. Comme s'il ne s'était rien passé. Que tu avais rêvé tout ça. Peut-être, ne sachant pas jeter de l'eau, n'as-tu pas su battre le tambour selon le bon tempo. Le juste rythme. Peut-être as-tu raté un élément du rite. Lequel d'ailleurs ? L'un des dimanches les plus déroutants de ta vie.

Freud et Fanfan finiront par parler. Et te demander si t'étais tombé sur la tête. Tu as déliré là, quelle mouche t'a piqué ? T'as joué avec le feu, tu sais. De l'avis de Freud, si les autres se détournent de toi, c'est parce que personne ne peut savoir le moment que choisiront les mystères pour passer à l'attaque. Et te lancer la malédiction. Car malédiction il y aura. Mieux vaut donc ne pas se trouver dans les parages. Les plus téméraires te jetteront de temps à autre un œil de travers. Genre le pauvre.

Puis de se mettre à se bidonner sous cape. Comme si, en dépit de tout, l'innocence t'était restée collée à la peau. Telle une mauvaise odeur ramenée par des clébards sans collier de retour d'une bringue de charogne. Les adultes, eux, t'ignoreront. Ni plus ni moins qu'avant. Tante Vénus recommencera – ou continuera, c'est selon – à te faire ces cadeaux de bouche que tu goûtes tant. Ton' Michel à t'entraîner pour le concours qui n'arrive pas. Ti-Comique à battre avec la même énergie son tambour. Marie à vendre ses « royal air force ». Lord Harris à appeler Grannie manman.

Au bout de quelques jours, les copains, le quartier ont déjà oublié ton crime. Si jamais ils l'ont reconnu. À croire que tu as risqué la malédiction des esprits pour rien. Et pis que la malédiction, la fureur de B12. À croire que ton geste a été inutile. Ridicule même. D'ailleurs, jamais personne ne t'invitera à battre tambour. Ni à l'accompagner à Ville-Bonheur pour un bain de chance au mois d'août. Comme lorsque ton' Michel a embarqué dans sa camionnette tout ce que le quartier compte de marmousets, toi y compris, et vous a emmenés voir *les Vierges de Satan* au Drive-in. Un vendredi soir ! L'unique fois où B12 aura travaillé en plein sabbat. Après, Grannie s'est excusée auprès de Yahvé. Qui ne s'est pas du tout empressé de voler à ton secours ce soir-là. Bref, personne ne te conviera à partager un repas avec les saints. Tu te feras même éjecter une nouvelle fois d'une bombance de manger-les-anges chez la mère de Freud. Le 2 novembre, Grannie t'interdira de prêter l'oreille, sous peine de te les chauffer, aux rumeurs de la rue. À la déferlante de gros mots et de tortillements par trop suggestifs des Gede de retour exprès de l'au-delà pour s'encanailler avec les vivants. Comme d'habitude. Comme à un innocent.

La rentrée des classes viendra atténuer la déception. Les retrouvailles avec les camarades, le dosou et les autres. Le bachotage quotidien, hormis bien sûr le jour du sabbat, pour garder sa place dans le train de tête... Puis le temps a passé, comme sur toute chose de ce monde. Ta dernière expérience du vodou remontera aux grandes vacances. En province où, pour éviter l'ennui de la ville et les bêtises qui vont avec, Grannie t'enverra passer quelques jours. Dans la famille d'une amie du temple. Une « sœur » de toute confiance. Dont le mari t'initie à la pêche à la ligne. T'emmène au lac aux caïmans. De terribles bestioles aux crocs qui en jetteraient même aux diables. La scène a lieu un après-midi où toute la cour est réunie sous un manguier. En quête d'une fraîcheur plutôt capricieuse. Et là, peut-être l'oisiveté. Peut-être la lourdeur de l'atmosphère. Brusquement, la « sœur » se jette par terre. Se met à ramper sur le ventre en tirant la langue. Ondule dans la poussière. Sur le tranchant des cailloux et les bris de bouteille. Avant d'aller se vautrer tout habillée dans le ruisseau où viennent boire toutes qualités d'animaux. Une « sœur » si chic en temps normal ! T'as les billes braquées sur le tableau tel le colt de Giuliano Gemma dans *Un pistolet pour Ringo*. Bien vite, toutefois, un adulte te prend par le bras et t'entraîne à l'intérieur. Lorsque tu la revois une heure ou deux plus tard, la « sœur » a le regard hébété. Posé sur le vide. Avec les yeux rouges de quelqu'un qui aurait longtemps pleuré. Tétanisé par la peur, tu demandes à rentrer à Port-aux-Crasses. Sans faire allusion néanmoins à la scène précédente. Les amis de Grannie te retiennent. Au départ, contre ton gré. Puis en trouvant les arguments qu'il faut. À table, les meilleurs morceaux de poule. Cuisse. Gésier. Cou et tête, que tu suces à n'en plus finir. Le manioc et l'igname les plus racés. Les fruits les plus juteux. Tes souhaits ne sont même pas formulés qu'ils sont exaucés… De retour à la maison, après avoir été gavé tel un cacique caribe pendant tout le reste du séjour, tu n'en toucheras pas à un traître mot à Grannie. (Bien des années plus tard, à l'âge où ton propre Danbala sera en mesure de posséder n'importe quelle jeune fille en feu, tu sauras que la « sœur » avait été chevauchée par le lwa couleuvre en personne.)

Cette expérience, la plus rapprochée avec l'interdit, n'aura pas la saveur pourtant ni le charme de cet après-midi où, bravant la terre et le ciel réunis, tu as battu tambour. Longtemps, ton enfance gardera un goût amer de la non-reconnaissance publique de ton crime. Peut-être, te dis-tu, histoire de trouver des circonstances atténuantes au voisinage, a-t-il évité cette reconnaissance pour ne pas te causer de désagréments avec Grannie. Pour ne pas lui donner l'occasion de mettre B12 en action. Après cet épisode d'ailleurs, tu n'en revivras plus d'autres dans le quartier. Omerta totale à ton approche. Plus d'esprits qui se mettent à poil. Plus personne tourné cheval au vu et au su de tous. À peine une chanson, qui n'a rien de nouveau pour toi. Portée par le vent ou quelque papillon frondeur. Certes, le roulement lancinant des tambours continuera à conter sérénade à la nuit. Mais tu n'y prêteras plus attention. Ils feront désormais partie du décor. Berçant tout au plus ton sommeil. Comme une lointaine *ninna nanna* que tu t'étonneras plus tard de ne pas entendre à l'étranger. À Jérusalem. D'où tu ne pourras pas envoyer de carte postale à Grannie, déjà partie en Guinée. À Rome. À Ouidah. Dans l'île de Gorée. À Paris. Dans les échos sacrés de la vallée de Cuzco. Dans le long vagabondage en solitaire autour du monde. En attendant l'ultime traversée. Entre-temps, d'autres intérêts seront venus chevaucher ton esprit : l'écriture, la lutte politique, les filles... (Ah oui, les filles. Et Caroline déjà.) C'est donc la faute à Grannie. Qui, parfois, revient de la Guinée, pour éclairer tes pas sur le chemin ténébreux des vivants. Au plus difficile d'une passe. Où il faut être vaillant garçon. Avoir les pieds bien enracinés pour ne pas chanceler. Car, quand tu seras tombé, y aura personne pour te tendre la main. Les gens te regarderont barboter dans la fange au lieu de t'aider à te relever. Garde les pieds sur terre. Arrête de rêver. C'est sa faute à elle. À sa voix d'outre-océan. À sa voix d'outre-vie. Que grâces lui soient rendues !

Passage

Caroline ne cesse de se retourner dans son sommeil. S'agite. Transpire. Décoche coups de pieds et de poings. Comme si elle luttait seule contre une armée d'anges déchus. De cochons sans-poil. De sans-manman. Sans doute la rage contenue. Qui se déverse en cauchemars affreux dans son sommeil. Envie de la réveiller pour lui raconter. La vérité. Ta vérité. Ton enfance souchée dans la peur et la curiosité mêlées. La magie de l'interdit. Adam à la vue de la pomme. Tu saisiras tout ça plus tard. Lors, tu sais toujours résister. Mesurer la limite à ne pas dépasser. Le pas de trop en quelque sorte. Le Malin a plus d'un tour dans son sac. On te l'a assez prêché. Méfiance donc. À l'égard de leurs mystères qui se déguisent en femmes nues. De leurs bannières pailletées de songes. De leur musique qui te lâche des fourmis dans les reins. Qui réveillerait même le juste de son dernier sommeil. De tout leur clinquant. Et la gêne aussi. Comment des chrétiens-vivants peuvent-ils s'adonner à des rites si barbares ? Les animaux qu'on égorge. Le sang frais recueilli dans la moitié d'une calebasse et bu à la régalade. Les bains de boue. La nourriture qu'on enterre. De toutes leurs bizarreries, c'est la plus difficile à piger. Enterrer de la bouffe. Non mais. Tu ne leur demandes pas d'aller avec toi au temple le samedi. Au moins le dimanche. Comme tout le monde. De draper leur machin dans un minimum de décorum. Et tu te prends à rêver du côté sobre et solennel des cultes civilisés. Du trémolo de l'orgue dans la grande cathédrale les jours de Te deum. Au lieu de cela, des peaux de bêtes qui se déchaînent. Grondent. Vrombissent. Invitent à des sacrifices qui ne doivent pas être que de taureaux, de cabris à quatre pattes, de porcs ou de poulets noirs. Gêne de faire partie de la même cour. De la même société. De la même nation. D'être un des leurs, en somme.

Nulle part pourtant où te cacher. L'œil est dans la tombe et regarde Caïn. Tu en as bien conscience. La vieille histoire de la bourrique. Elle a beau porter un panama de la largeur du soleil, ses oreilles toujours la trahissent. Tu décides alors d'assumer. Quoi, au juste ? Tu n'en sais rien. Tu en as simplement marre de passer pour un gogo. L'indéfectible innocent du quartier. Celui dont on se moque même en sa présence. Mais rira bien qui rira le dernier. Tu vas les défier et les terrasser sur leur propre terrain.

Place aux années d'appropriation. Du moins de la tentative d'appropriation. Pour un rat de bibliothèque comme toi, l'arme est toute trouvée. Grannie contrôle désormais si peu tes lectures. L'adolescence et l'amélioration de la situation familiale venues, il te suffit de tenir la Bible à portée de main – au cas où –, pour pouvoir bouquiner jusqu'à l'aube. Sans qu'elle te sonne les cloches pour gaspillage d'électricité. Bref, tu te mets à parler haut et fort. Et à envoûter ton petit parterre dans les joutes d'esprit sous l'acajou. En l'absence de Grannie, ça va sans dire. À rabâcher des propos empruntés à des ethnologues. De là-bas ou d'ailleurs. Jacquot empêtré dans l'écho de sa propre voix. Mais comment se réapproprier un truc qui ne t'a jamais appartenu ? Quand tu ne sais même pas quel pied mettre en avant pour danser un djouba ou un petro. Que des heures de leçons clandestines te sont nécessaires pour courber un simulacre de yanvalou. Et encore ! La tige était déjà crochue, impossible à redresser. Avec le temps, tu te rabattras sur un semblant de dahomey-z'épaules. Roulé sur n'importe quel rite. Usurpateur, va. De ça aussi, tu finis par te rendre compte. Et te lasser.

Viennent alors les années de l'indifférence. Où tout discours sur le vodou te fait une belle jambe. Certes la musique continue de te titiller les pieds et les reins. (Tu n'as poussé pour rien dans un univers avec une forte propension à l'écoute corporelle de la musique.) Mais elle est tout à fait désacralisée dans ta tête. Pour le reste, difficile de trouver plus détaché que toi. L'irritation viendra plus tard. Beaucoup plus tard. Devant l'attitude de certains compatriotes. Qui ne veulent pas admettre que tu n'en sais fichtrement rien. Du moins, rien de tangible. Et le malgré tout clin d'œil complice. Plus parlant qu'un laïus de politicard en campagne. Tu dissimules bien ton jeu. Tu fais bien, garçon vaillant. Découvre pas tes cartes. Des amis mal intentionnés pourraient en profiter. L'exaspération aussi devant les autres. Qui n'osent pas mais brûlent d'envie de te donner de l'aliéné. Le mec qui a honte de ses racines. Colonisé jusqu'à la moelle des os. Honte de dire qu'il bat tambour. Qu'il jette de l'eau. Qu'il interpelle les ancêtres dans les moments difficiles. Ou sans raison précise. Pour partager un manger, une bouteille de rhum. T'aurais beau leur expliquer que tu n'as rien à cacher. Que le malaise, tu l'as laissé derrière toi. Comme tant d'autres choses. Comme la foi. Comme la savane désolée et désolante de cette nation d'égoïstes, d'irresponsables et de criminels. Tu veux juste être sincère avec toi et avec les autres. Ne pas te vanter de trucs que tu ignores. Ils ne te croiraient pas. Ce serait trop simple. Ça enlèverait tout sens à leur propre existence. Tu te tais alors. Et les laisses exercer leur rôle préféré de flics de l'identité. C'est ainsi que les nomme un de tes copains. Il y a ceux aussi qui te prêtent foi. Mais charrient gentiment. Comme si t'étais frappé d'une grave tare mentale. Flics de l'identité à leur manière, eux itou. Qui te regardent tel le chtarbé de la famille. Un zeste de compassion sur les lèvres.

Le même identique agacement te suivra à l'étranger. Tant en milieu profane que pseudo intello. Où le vodou arrive sous forme de demande inévitable de l'autre. Tombe en plein milieu d'un repas. Tel un cheveu sur la soupe. Neuf fois sur dix, la personne écoutera à peine la première phrase de ta réponse. Avant de zapper sur un autre sujet. Ou une cuisse de poulet. Plus engageante. L'éternelle question. Qui débarque dans un débat sur la littérature. Pareil à un lwa farceur, Ti-Polisson, ou en rogne, Cousin-Zaka, qu'on n'attendait pas. Et quelqu'un du public, si ce n'est le modérateur lui-même : c'est quoi, le vodou ? Tu ne vois pas le rapport. Qu'est-ce que j'en sais, moi ? L'air de dire : tu n'as pas une question plus intelligente ? Ton interlocuteur décontenancé. Te matant avec des yeux genre il n'est pas authentique, celui-là. Or nous, on veut de l'authentique. Il est resté trop longtemps dehors. Loup-garou rattrapé par les rayons vampiricides du soleil. L'éternelle question. Tu n'y échappes pas. Tu n'y échapperas jamais. Où que tu ailles. Quoi que tu fasses. Tu l'as compris. Tu n'as pas ce droit. Tu es coincé. Mais tu ne battras pas en retraite. Ce n'est pas dans tes habitudes. Grannie ne l'aurait pas toléré. Alors, tu fais face. Contre-attaques. Toute bête gênée mord, clame-t-on sur le bord des quais. Tu fonces bille en tête. Avec en mémoire le temps héroïque des bagarres de l'enfance et de l'adolescence. L'autre qui te bigle ahuri. Il ne comprend pas ton agressivité.

La même que tu peux avoir vis-à-vis de Caroline. Quand tu as traversé tout l'Atlantique dans un charter trop étroit. Les genoux ramenés sous le menton. Endurant crampes, bavardages, ronflement et va-et-vient des autres passagers. Mais tu tiens le coup. Stoïque. Grâce à la folle envie d'elle qui te démange le bas-ventre. Qui te démange le bon ange. Tu sautes dans le premier taxi libre. Malgré ses mises en garde. Ça ne sert à rien de prendre un *cab* : c'est plus cher et ça met plus de temps. Elle a hélas raison. Tu resteras coincé dans un embouteillage. Te rongeant le frein. Impuissant. À l'arrivée, gare aux deux ascenseurs s'ils ne sont pas là à t'attendre. L'envie de franchir les trente-trois étages à pied. Tout ça pour t'entendre dire non. Un non sec. Te voilà dérouté à ton tour. Croyant qu'elle a ses affaires. Ça la met de mauvais poil. Ou que t'as fait ou pas fait un truc important à ses yeux. Resté toute une semaine sans l'appeler. Oublié la date de son anniversaire de naissance. Celle de votre rencontre. De votre première baise. De la sainte dont elle porte le prénom. Oublié de lui apporter ses magazines de mode préférés. Elle te rend donc la monnaie de ta pièce. Même pas. Non. Ce soir, je peux pas. Et là, l'éclair. C'est le soir de l'autre. Son mec sans visage. Elle lui doit une nuit par semaine. Et elle ramasse son corps à déchoir un ange, sa chemise de nuit la plus bandante et s'en va pieuter dans la pièce à côté. En prenant soin de bien fermer la porte de l'intérieur. Comme pour ne pas laisser filtrer ses cris d'amour. Tu n'as toujours pas réussi à mémoriser le jour pour arriver le lendemain. Et baiser peinard. En fait, tu ne veux pas te le rappeler. C'est quoi, cette histoire d'être mariée à un esprit ? D'accord, ça se passe aussi chez les cathos. (À propos, les bonnes sœurs ont beau être moches, il a de quoi trier, le Nazaréen. Le harem, quoi !)

Revenons-en à Caroline. Ç'aurait été un mec de chair et d'os, tu comprendrais. Tu aurais même apprécié de lui planter de solides cornes. Jusqu'à en tomber d'inanition. À épuiser ta réserve de sperme. Mais là, tu as l'impression que c'est toi, le cocu de l'histoire. Surtout quand tu vois Caroline prendre son petit déjeuner au matin suivant. Des traces évidentes de la nuit avec l'autre sur son visage. Dans ses roucoulements de reine chanterelle. À croire que ce petit con d'esprit la baise mieux que toi. Envie de lui dire, au mystère : tu veux la guerre ? On va voir qui la fait jouir le plus. De toute façon, la nature est de ton côté. Toi, t'es arrivé d'Europe, en avion. Lui de la lointaine Guinée. Après avoir cheminé sept jours et sept nuits sous l'eau. Il doit être flagada. En matière de baise, rien ne vaut le repos avant l'assaut. Et puis, Jacob a bien terrassé un ange. Pourquoi pas toi ? Cela dit, à quelque chose, malheur est bon. Aussi, lorsque Caroline se met en tête d'aborder le chapitre mariage, t'as aucun mal à te débiner. Tu donnes dans la polyandrie, maintenant ? C'est puni par la loi yankee, tu sais. Comment que tu ferais avec deux alliances au doigt ? Ça lui apprendra.

Ce soir, pourtant, ça n'a rien à voir avec le diable baiseur. Il faut juste expliquer à Caroline que, pour toi, il est désormais trop tard. Bien trop tard. Tu es un zobop surpris par le jour. Qui n'a pas eu le temps de revêtir sa défroque d'humain. Tu ne peux être désormais qu'un simple spectateur. Comme pour n'importe quelle religion. Certes avec ce besoin de trémoussement en plus. Qui te vient de ton enfance là-bas. Certes tu tentes encore, par moments, de pénétrer la question. Plus que d'autres peut-être, éclos sous d'autres cieux. Fasciné par l'énergie qui irradie la face, la vie des croyants. Leur crédulité dans la bonne foi des lwa. Du Grand Maître. De Dieu. D'Allah. De Yahvé et t'en passes. Sûrs de la volonté et du pouvoir divins de charroyer dans le bon sens le cours de leur vie. Une crédulité que, somme toute, tu leur envies. Mais l'éternel ingénu que tu as toujours été reste, ô paradoxe, imperméable à tout ça. Incapable de franchir le seuil de ses doutes. Ton histoire est celle d'un mec qui regarderait, debout sur le grand chemin, la pluie tomber. Ébloui par le mystère des nuages gros de tant d'eau qu'elle déborde. Par les gens autour, trempés jusqu'aux os. Et lui reste au sec. Sans même le recours d'un parapluie. Lapli tonbe mwen pa mouye.

Que dirait Caroline de tout ça, si tu la réveillais ? Que tu bouquines trop. Depuis longtemps. Depuis toujours. Depuis qu'elle a jeté l'ancre dans ton port. Te mettant ainsi à dos toute la gent masculine du quartier. Qui saura jamais si les autres la convoitaient pour ses pouvoirs ou son corps ? Faut dire que, de ce côté-là, il y a de quoi. Son sourire timoré sait être ô combien ensorceleur dans l'intimité. Sa manière de t'aguicher. D'être ta canne créole, chéri. De te la jouer salope, pour combattre sa timidité. D'envoûter ton adolescence. Rien qu'avec des mots, lors. Des poses et des baisers à n'en plus finir. Le paluchage d'un bout de sein ou de la naissance d'une cuisse. Au fond de ses yeux beaux à damner un saint, toutefois, tu n'as découvert qu'un don : celui de chavirer jusqu'aux cœurs les plus aguerris dans les joutes de l'amour. De sorte que tu n'auras su dire si Caroline et sa jumelle tiennent de Mammon ou de Yahvé. À cette époque, il est vrai, la foi aura déjà entrepris de te tourner le dos. La foi sera venue échouer contre les lectures clandestines du Che et de Fidel Castro. De Gramsci et de Jacques Roumain. Puis Caroline s'envolera pour les États-Unis. Vous resterez en contact des années durant. Sans que vos corps et vos rêves aient pu s'enlacer. Des tonnes et des tonnes de lettres. Des albums entiers de photos. Des appels téléphoniques jusqu'à épuisement de vos mots ou du crédit. Toujours trop brefs. Moments fugaces d'amants en mal de retrouvailles. Puis tu partiras à ton tour pour l'étranger. Ton vagabondage t'amènera à tisser des liens nouveaux avec Caroline. Va-et-vient incessant par-dessus les océans. Par-dessus les attentes, les fâcheries et la fièvre des moments de réconciliation. Jusqu'à cette nuit où tu lui as confessé ton ignorance si crasse du vodou.

Tu n'as jamais voulu l'écouter. En voilà les conséquences ! C'est ce qu'elle t'aurait dit si elle était encore éveillée. T'arrêtes pas de fouiller le sexe des anges. (Et toi, là, avec l'envie inutile de fouiller le sien. Désespérément.) Toujours fourré dans des bouquins. Elle, elle ne lit même plus ses ouvrages d'infirmière. Seulement les revues de mode. Les magazines *people*. Le programme télé. *Ebony*, une fois en passant. Solidarité oblige. Et après t'avoir admonesté, elle t'aurait tourné le dos. Boudeuse. Pas trop convaincue par ton histoire. L'impression que tu la mènes en bateau. Pas celui d'Agwe. Mais celui de tes lectures qui t'éloignent de plus en plus d'elle. En un mot, que tu snobes tout ça exprès. À l'image de beaucoup de tes compatriotes. Le jour, bien sûr. Mais la nuit jetant de l'eau à pleines mains. Au bout de quelques minutes de ce régime, elle serait venue se pelotonner dans ton dos. T'inquiète pas, *honey*. Je suis vaillante pour deux. N'oublie pas que je suis marasa. Moi vivante, personne ne touchera à un seul de tes cheveux. Se glissant ainsi, par la force de ses mots et sans même s'en apercevoir, dans la peau de Grannie. Tu te serais laissé coucouner. Heureux comme un oungan. Mieux, comme un ange. Abobo !

Rome 2001-Paris 2004

TABLE

OUVERTURE 11

PREMIER MOUVEMENT 23

1. La rebelle 27
2. La Cour 41
3. L'épiphanie 55
4. Innocent 69
5. Le manger 81
6. Le gros pied 91
7. Le traitement 103

DEUXIÈME MOUVEMENT 115

1. L'expédition 119
2. L'appel 135
3. Le retour en Guinée 147
4. Marasa 159
5. Le songe 171
6. L'instrument maudit 185
7. La douche 197

PASSAGE 211

Cet ouvrage a été imprimé par la
SOCIÉTÉ NOUVELLE FIRMIN-DIDOT
Mesnil-sur-l'Estrée
pour le compte des Éditions du Rocher
en février 2008

Éditions du Rocher
28, rue Comte-Félix-Gastaldi
Monaco

Imprimé en France

Dépôt légal : avril 2006
CNE Section commerce et industrie Monaco : 19023
N° d'impression : 89240